Hulin and the Mad Goose

Hulin and the Mad Goose

Four Classic Chinese Folk Tales in Simplified Chinese,
540 Word Vocabulary

Includes Full English Translation, Chinese and Pinyin,
and Free Audiobook

Written by Jeff Pepper
Chinese Translation by Xiao Hui Wang

IMAGIN8
PRESS

Published in the United States by Imagin8 Press LLC, Verona, Pennsylvania, US. For information, contact us via email at info@imagin8press.com, or visit www.imagin8press.com.

Our books may be purchased directly in quantity at a reduced price, visit www.imagiin8press.com for details.
Imagin8 Press, the Imagin8 logo and the sail image are all trademarks of Imagin8 Press LLC.

Written by Jeff Pepper
Chinese translation by Xiao Hui Wang
Cover and book design by Jeff Pepper
Artwork by Next Mars Media, Luoyang, China
Audiobook narration by Junyou Chen

Based on stories collected and published by Norman Hinsdale Pitman in *A Chinese Wonder Book*, E.P. Dutton & Co, New York 1919.

ISBN: 978-1952601149
Version 07

Acknowledgements

We are deeply indebted to the late Norman Hinsdale Pitman, who originally collected these four stories and published them in *A Chinese Wonder Book* (1919, E.P. Dutton & Co., New York).

Many thanks to the team at Next Mars Media for their terrific illustrations. Their cover illustration was inspired by a wonderful painting called "The Goose Girl" by Elizabeth Pearson.

Audiobook

A complete Chinese language audio version of this book is available free of charge. To access it, go to YouTube.com and search for the Imagin8 Press channel. There you will find free audiobooks for this and all the other books in this series.

You can also visit our website, www.imagin8press.com, to find a direct link to the YouTube audiobook, as well as information about our other books.

Preface

Folk tales are immensely popular in China. Passed down orally over the centuries from grandparents and parents to children, they serve as an unwritten handbook for living in society. Nearly all Chinese folk tales are about simple people who find themselves in difficult situations. These people are often helped (and occasionally hindered) by talking animals, as well as by powerful gods, wizards and other supernatural beings who actively participate in events here on earth (called 天下, tiānxià, "under heaven"). Within every Chinese folk tale is an underlying moral message derived from one of the three major schools of spiritual thought – Daoism, Confucianism, and Buddhism.

Of the thousands of Chinese folk tales, we've selected four of them for your enjoyment in this book. The four that we've retold here all have interesting plot lines, and they all deal with relatively simple subject matter that can be told using a limited vocabulary.

All four are all based on stories told by Norman Hinsdale Pitman in *A Chinese Wonder Book*, originally published in 1918. Pitman, a native of Michigan, moved to China in 1909 to take a position as professor of English at a small provincial college. In 1912 he became head the English department at Peking Higher Normal College, and later at Pei Yang University in Tianjin. He collected and published several collections of folk tales and other

Chinese books. Pitman died in 1925 in Tianjin at the age of 48.

Pitman's versions of these stories are wonderfully written, but they were written over a century ago. He wrote them in English for English-speaking readers, and this unrestricted vocabulary is not quite what we're looking for in a graded reader such as this. So we have taken the liberty of retelling all four stories to use fewer than 600 different Chinese words, most of which are in the standard 1200-word HSK4 vocabulary[1].

Of course, each story has some elements, such as the word "goose," that simply cannot be expressed in the HSK4 vocabulary, so we have introduced new words as needed. These new words are defined in footnotes where they are first used, and they are also highlighted in the glossary at the end of the book.

We've also made a few other changes to the stories. We've updated the titles – *The Golden Beetle* instead of *The Golden Beetle or Why the Dog Hates the Cat*; *The Ball of Fire* instead of *The Phantom Vessel*; *Hulin and The Mad Goose* instead of *The Mad Goose and The Tiger Forest*; and *The Two Magicians* instead of *The Two Jugglers*. We've tweaked the stories in various ways to make them more appropriate for a modern audience. And we've changed the proper

---

[1] HSK stands for Hànyǔ Shuǐpíng Kǎoshì (汉语水平考试), the standard test of Mandarin Chinese language proficiency used by the Ministry of Education of the People's Republic of China. There are several different levels, from the beginning 150-word HSK-1 to the advanced 5000-word HSK-6 level.

names from the old Wade-Giles spelling to modern pinyin, so for example the goose in the title story is now named Kuang, not Ch'ang.

If you like these stories, you might want to go back and read Pitman's original, which is in the public domain and available online at www.gutenberg.org/ebooks/18674 .

Jeff Pepper and Xiao Hui Wang
Pittsburgh, Pennsylvania, USA
October 2020
Revised September 2023

The Golden Beetle

金甲虫

Jīn Jiǎchóng

Hěnduō nián yǐqián, zài zhōngguó de yígè xiǎo cūnzhuāng lǐ, yí wèi nián lǎo de nǚrén hé tā de érzi, hái yǒu tāmen de yì zhǐ māo hé yì zhǐ gǒu, yìqǐ zhù zài zhǐyǒu yígè fángjiān de xiǎo wūzi lǐ. Zhè nǚrén de zhàngfū jǐ nián qián sǐle, jiālǐ méiyǒu qián. Nà shì yígè dōngtiān, fēicháng de lěng, jiālǐ méiyǒu mǐfàn.

"Wǒmen jīntiān chī shénme?" xìng wáng de nián lǎo nǚrén wèn.

 "Bié dānxīn," tā de érzi Mínglǐ xiàozhe shuō. "Wǒ jīntiān yào chūqù zhǎo gōngzuò. Ránhòu wǒ huì dài huílái jǐ fēn qián. Nín kěyǐ yòng zhèxiē qián mǎi yìxiē mǐfàn, wǒmen kěyǐ chī." Dànshì Mínglǐ bù zhīdào qù nǎ'er zhǎo gōngzuò. Tā gǎnjué bù shūfú, yīnwèi zuìjìn tiān lěng hé tài è ràng tā bìng dé hěn zhòng. Tā xiànzài yǐjīng méiyǒu shēngbìng le, dànshì háishì juédé méiyǒu lìqì. Dànshì tā réngrán chūqù zhǎo gōngzuò.

金甲虫

很多年以前，在中国的一个小村庄[2]里，一位年老的女人和她的儿子，还有他们的一只猫和一只狗，一起住在只有一个房间的小屋子[3]里。这女人的丈夫几年前死了，家里没有钱。那是一个冬天，非常的冷，家里没有米饭。

"我们今天吃什么？"姓王的年老女人问。

"别担心，"她的儿子明礼笑着说。"我今天要出去找工作。然后我会带回来几分钱。您可以用这些钱买一些米饭，我们可以吃。"但是明礼不知道去哪儿找工作。他感觉不舒服，因为最近天冷和太饿让他病得很重。他现在已经没有生病了，但是还是觉得没有力气。但是他仍然出去找工作。

---

[2] 村庄　　　cūnzhuāng – village
[3] 屋子　　　wūzi – house

Érzi zǒule yǐhòu, wáng fūrén duì māo hé gǒu shuō, "Wǒ érzi xīn hǎo. Méiyǒu mǔqīn huì yǒu bǐ wǒ gèng hǎo de érzi. Rán'ér wǒ xīwàng shén néng gěi wǒmen chī de dōngxi. Wǒ hěn è! Wǒ de dùzi jiù hǎoxiàng yǒu qián rén de tóu yīyàng, lǐmiàn shénme dōu méiyǒu. Shènzhì lǎoshǔ yě líkāi le wǒmen de jiā, qù biérén jiā zhǎo chī de dōngxi."

Tāmen de gǒu jiào Hēijiǎo, māo jiào Báitóu. Tāmen liǎng gè zhǐshì tǎng zài dìshàng, kànzhe tā. Yīnwèi tāmen tài è le ér méiyǒu lìqì, suǒyǐ shénme yě bùnéng zuò.

Jiù zài zhège shíhòu, wáng fūrén tīngdào qiánmiàn de mén shàng yǒu hěn xiǎng de qiāo mén shēngyīn. "Jìnlái," tā jiàozhe. Mén kāi le. Tā kàndào yí wèi lǎo héshàng zhàn zài nà'er. "Duìbùqǐ, wǒmen shénme dōu méiyǒu." Tā shuō, tā yǐwéi héshàng shì zài yào chī de dōngxi. "Chúle chī yìdiǎn shèng fàn shèng cài,

儿子走了以后，王夫人对猫和狗说，"我儿子心[4]好。没有母亲会有比我更好的儿子。然而我希望神[5]能给我们吃的东西。我很饿！我的肚子就好像有钱人的头[6]一样，里面什么都没有。甚至老鼠[7]也离开了我们的家，去别人家找吃的东西。"

他们的狗叫黑脚，猫叫白头。他们两个只是躺在地上，看着她。因为他们太饿了而没有力气，所以什么也不能做。

就在这个时候，王夫人听到前面的门上有很响的敲门声音。"进来，"她叫着。门开了。她看到一位老和尚[8]站在那儿。"对不起，我们什么都没有。"她说，她以为和尚是在要吃的东西。"除了吃一点剩饭剩菜，

4	心	xīn – heart
5	神	shén – god
6	头	tóu – head
7	老鼠	lǎoshǔ – rat
8	和尚	héshàng – monk

Wǒmen yǐjīng yǒu liǎng gè xīngqī méiyǒu shénme dōngxi chī le, dànshì xiànzài wǒmen méiyǒu shèng fàn shèng cài le. Wǒmen zhǐ jìdé guòqù de hǎo shíhòu, dāng wǒ zhàngfū zài zhèlǐ de shíhòu, wǒmen yǒu hào chī de dōngxi. Zài nàxiē rìzi lǐ, wǒmen de māo tài pàng le ér méiyǒu bànfǎ shàng dào wūzi shàng, wǒmen de gǒu, dùzi chī dé hěn dà, yìzhí dōu zài shuìjiào. Xiànzài, nín jīhū kàn bú dào tāmen le, tāmen fēicháng de shòu. Wǒmen méiyǒu dōngxi gěi nín."

"Wǒ búshì yào chī de dōngxi," lǎo héshàng shuō. "Wǒ xiǎng bāngzhù nín. Hěnduō nián lái, nín de érzi yìzhí xiǎng yào shén de bāngzhù, shén tīng le tā de huà. Shén zhīdào nín de érzi měitiān dōu zài bāngzhù nín, shènzhì shì zài tā shēngbìng de shíhòu. Xiànzài, shén kàndào nín de érzi méiyǒu lìqì, bùnéng gōngzuò. Suǒyǐ, tāmen juédìng bāngzhù nǐmen liǎ."

Wáng fūrén tīng le, dànshì tā bù xiāngxìn. "Nín zài shuō shénme? Nín shì lái zhèlǐ xiàohuà wǒmen de máfan ma?"

我们已经有两个星期没有什么东西吃了，但是现在我们没有剩饭剩菜了。我们只记得过去的好时候，当我丈夫在这里的时候，我们有好吃的东西。在那些日子里，我们的猫太胖了而没有办法上到屋子上，我们的狗，肚子吃得很大，一直都在睡觉。现在，您几乎看不到他们了，它们非常的瘦。我们没有东西给您。"

"我不是要吃的东西，"老和尚说。"我想帮助您。很多年来，您的儿子一直想要神的帮助，神听了他的话。神知道您的儿子每天都在帮助您，甚至是在他生病的时候。现在，神看到您的儿子没有力气，不能工作。所以，他们决定帮助你们俩。"

王夫人听了，但是她不相信。"您在说什么？您是来这里笑话我们的麻烦吗？"

"Bù, wǒ shì lái zhèlǐ bāngzhù nín de. Zhèlǐ shì yì zhī xiǎo jīn jiǎchóng. Tā bǐ nín mèng lǐ xiǎng de hái yào lìhài. Tā yǒu fēicháng lìhài de mólì. Zhè shì shén gěi nín de lǐwù."

Wáng fūrén kànzhe jīn jiǎchóng. "Xièxiè nín," tā shuō. "Wǒ huì bǎ tā mài diào, huàn yìdiǎn qián. Wǒ huì yòng nàxiē qián qù mǎi yìxiē mǐfàn, yěxǔ wǒmen hái kěyǐ zài huó yī, liǎng gè xīngqī."

"Bù, nǐ bù míngbai," lǎo héshàng shuō. "Búyào bǎ zhège mài le. Zhǐyào nín huózhe, zhè zhī jīn jiǎchóng kěyǐ ràng nín chī bǎo dùzi. Zǐxì tīng wǒ shuō de huà. Rúguǒ nín è le, jiù bǎ zhè zhī jiǎchóng fàng jìn yì guō kāishuǐ lǐ. Xiǎng yì xiǎng nín xiǎng yào de chī de dōngxi, zài sān fēnzhōng lǐ, yí biàn yòu yí biàn de shuō nàxiē dōngxi de míngzi. Ránhòu wǎng guō lǐ kàn. Nín huì

"不，我是来这里帮助您的。这里是一只小金[9]甲虫[10]。它比您梦里想的还要厉害。它有非常厉害的魔[11]力。这是神给您的礼物。"

王夫人看着金甲虫。"谢谢您，"她说。

"我会把它卖掉，换一点钱。我会用那些钱去买一些米饭，也许我们还可以再活[12]一、两个星期。"

"不，你不明白，"老和尚说。"不要把这个卖了。只要您活着，这只金甲虫可以让您吃饱肚子。仔细听我说的话。如果您饿了，就把这只甲虫放进一锅[13]开水里。想一想您想要的吃的东西，在三分钟里，一遍又一遍地说那些东西的名子。然后往锅里看。您会

---

9 金   jīn – gold, golden
10 甲虫   jiǎchóng – beetle
11 魔   mó – magic
12 活   huó – to live
13 锅   guō – pot

zhǎodào nín xiǎng yào de chī de dōngxi."

Wáng fūrén yǐwéi héshàng zài luàn shuō. Dànshì tā shuō, "Wǒ xiànzài kěyǐ shì shì ma?"

"Děng wǒ líkāi. Ránhòu nín kěyǐ shì shì."

Wáng fūrén yìzhí děngdào héshàng líkāi. Ránhòu tā kāishǐ diǎnhuǒ, shāo le yì guō shuǐ, ránhòu bǎ jīn jiǎchóng fàng jìn guō lǐ. Tā yícì yòu yícì de shuō,

Jiǎozi, jiǎozi, guòlái ba,
Wǒ shòu dé bùnéng zài shòu le.
Jiǎozi jiǎozi, rè yòu rè.
Jiǎozi jiǎozi, mǎn yì guō!

Tā tài è tài lèi le, tā zhǐshì kànzhe guōzi, bǎ nà jù huà shuō le yíbiàn yòu yíbiàn, hǎoxiàng zài zuòmèng yíyàng. Sān fēnzhōng

找到您想要的吃的东西。”

王夫人以为和尚在乱说。但是她说，“我现在可以试试吗？”

“等我离开。然后您可以试试。”

王夫人一直等到和尚离开。然后她开始点火，烧[14]了一锅水，然后把金甲虫放进锅里。她一次又一次地说，

> 饺子，饺子，过来吧，
> 我瘦得不能再瘦了。
> 饺子饺子，热又热。
> 饺子饺子，满一锅！

她太饿太累了，她只是看着锅子，把那句话说了一遍又一遍，好像在做梦一样。三分钟

---

14 烧　　　　shāo – to boil, to burn

yǐhòu, tā wǎng guō lǐ kàn. Nàli yǒu èrshí gè zhūròu jiǎozi, zài kāishuǐ lǐ shàngxià tiàowǔ. Měi gè jiǎozi yòu dà yòu pàng, kànqǐlái hěn hào chī. Tā yìzhí chī, chī dào dùzi hěn bǎo, bùnéng zài chī le. Ránhòu tā yòng kuàizi ná qǐ zuìhòu liù gè jiǎozi, bǎ sān gè jiǎozi rēng gěi gǒu, sān gè jiǎozi rēng gěi māo. Dòngwùmen mǎshàng chī le jiǎozi. Tāmen de dùzi zhōngyú bǎo le, tāmen bì shàng le yǎnjīng, shuìjiào le.

Xiàwǔ de shíhòu, Mínglǐ huí dào jiā. Tā kànshàngqù hěn bù gāoxìng, tā de mǔqīn kěyǐ kànchūlái, tā méiyǒu zhǎodào rènhé gōngzuò. "Bié dānxīn, wǒ de érzi!" tā duì tā shuō, "shén duì wǒmen hěn hǎo. Wǒ gěi nǐ kàn xiē dōngxi!" Ránhòu, tā bǎ jīn jiǎchóng fàng jìn lìngwài yì guō kāishuǐ lǐ.

Mínglǐ zhǐshì kànzhe tā. Tā shì búshì yīnwèi è hé lěng ér zài luàn shuōhuà? Tā kěyǐ zuò shénme lái bāngzhù tā? Tā xiǎng, yěxǔ tā kěyǐ bǎ tā de wài yī mài jǐ fēn qián. Dànshì, rúguǒ

以后，她往锅里看。那里有二十个猪肉饺子，在开水里上下跳舞。每个饺子又大又胖，看起来很好吃。她一直吃，吃到肚子很饱，不能再吃了。然后她用筷子拿起最后六个饺子，把三个饺子扔给狗，三个饺子扔给猫。动物们马上吃了饺子。它们的肚子终于饱了，他们闭[15]上了眼睛，睡觉了。

下午的时候，明礼回到家。他看上去很不高兴，他的母亲可以看出来，他没有找到任何工作。"别担心，我的儿子！"她对他说，"神对我们很好。我给你看些东西！"然后，她把金甲虫放进另外一锅开水里。

明礼只是看着她。她是不是因为饿和冷而在乱说话？他可以做什么来帮助她？他想，也许他可以把他的外衣卖几分钱。但是，如果

---

[15] 闭　　　　　bì – to close

tā mài le, tā hěn kuài jiù huì lěng sǐ.

Gǒu xiàng tā zǒu lái, zuò zài tā de jiǎo shàng. Māo tiào dào zhuōzi shàng, jiàozhe. Yīhuǐ'er, tā de mǔqīn jiàozhe, "Zuò xià, wǒ de érzi, chī zhèxiē hǎochī de jiǎozi!" Mínglǐ kànlekàn, zhuōzi shàng fàngzhe yí dà pán rè jiǎozi. Tā shénme yě méiyǒu shuō. Zhǐshì ná qǐ kuàizi, kāishǐ chī jiǎozi. Tā chīl e yígè, ránhòu yòu chī le yígè. Tā yìzhí chī dào dùzi bǎo le, bùnéng zài chī le.

Tā zuò zài yǐzi shàng ānjìng de hēzhe chá. Ránhòu tā duì tā de mǔqīn shuō, "Mǔqīn, nàxiē shì wǒ chīguò de zuì hǎochī de jiǎozi. Nín cóng nǎ'er dédào de? Nín mài le shénme lái mǎi tāmen?"

Ránhòu, tā de mǔqīn gàosù tā guānyú lǎo héshàng hé jīn jiǎchóng de shì. Tā gěi tā kàn le jīn jiǎchóng. "Xiànzài wǒmen zài yě méiyǒu máfan le. Wǒmen kěyǐ chī dào suǒyǒu wǒmen xiǎng yào chī

他卖了，他很快就会冷死。

狗向他走来，坐在他的脚上。猫跳[16]到桌子上，叫着。一会儿，他的母亲叫着，"坐下，我的儿子，吃这些好吃的饺子！"明礼看了看，桌子上放着一大盘热饺子。他什么也没有说。只是拿起筷子，开始吃饺子。他吃了一个，然后又吃了一个。他一直吃到肚子饱了，不能再吃了。

他坐在椅子上安静地喝着茶。然后他对他的母亲说，"母亲，那些是我吃过的最好吃的饺子。您从哪儿得到的？您卖了什么来买它们？"

然后，他的母亲告诉他关于老和尚和金甲虫的事。她给他看了金甲虫。"现在我们再也没有麻烦了。我们可以吃到所有我们想要吃

---

16 跳　　　　tiào – to jump up

de dōngxi!"

Yīncǐ, zài hěnduō yuè lǐ, tāmen dédào le tāmen kěyǐ xiǎng yào de gè zhǒng chī de dōngxi. Tāmen měitiān sāncì bǎ jīn jiǎchóng fàng jìn guō lǐ, shuō chū chī de dōngxi de míngzì, sān fēnzhōng yǐhòu, tāmen kěyǐ chī dào tāmen xiǎng yào chī de dōngxi. Tāmen chī de dōngxi tài duō le, suǒyǐ tāmen bǎ chī shèng de dōngxi fàng zài liǎng gè pánzi lǐ, gěi tāmen de gǒu hé māo chī. Tāmen sì gè dōu biàn pàng le, hěn kuàilè, yě yǒudiǎn lǎn.

Dāngrán, zhèxiē hǎo shíhòu bú huì shì yǒngyuǎn de. Mǔqīn hé érzi wèi tāmen de hǎo yùnqì ér jiāo'ào. Tāmen kāishǐ yāoqǐng péngyǒu hé línjū lái tāmen jiā chī wǎnfàn. Tāmen méiyǒu shuō chī de dōngxi shì cóng nǎlǐ lái de. Tāmen zhǐ shuō zhè shì yígè hěn tèbié hé bùnéng jiǎng de shì.

Yǒu yìtiān, lái le chǔ xiānshēng hé chǔ fūrén, tāmen shì cóng lìng

的东西！”

因此，在很多月里，他们得到了他们可以想要的各种吃的东西。他们每天三次把金甲虫放进锅里，说出吃的东西的名字，三分钟以后，他们可以吃到他们想要吃的东西。他们吃的东西太多了，所以他们把吃剩的东西放在两个盘子里，给他们的狗和猫吃。他们四个都变胖了，很快乐，也有点懒。

当然，这些好时候不会是永远的。母亲和儿子为他们的好运气[17]而骄傲。他们开始邀请朋友和邻居来他们家吃晚饭[18]。他们没有说吃的东西是从哪里来的。他们只说这是一个很特别和不能讲的事。

有一天，来了楚先生和楚夫人，他们是从另

---

17 运气　　　yùnqì - luck
18 晚饭　　　wǎnfàn - dinner

wài yígè cūnzhuāng lái de. Tāmen tīng rénmen shuō wáng fūrén jiā lǐ yǒu hǎochī de dōngxi, xiǎng shì shì. Wáng fūrén wèi chǔ xiānshēng hé chǔ fūrén zuò le hǎochī de jiǎozi. Dànshì chǔ fūrén zǐxì de kànzhe, kànjiàn Wáng fūrén bǎ jīn jiǎchóng cóng guō lǐ ná chūlái, fàng zài yígè xiǎo hézi lǐ. Tā hái tīngdào Wáng fūrén zài zuò chī de dōngxi de shíhòu, duì jiǎozi shuō le qíguài de huà.

Hòulái, Chǔ xiānshēng hé Chǔ fūrén huí dào zìjǐ jiā de shíhòu, Chǔ xiānshēng shuō, "Wǒ shuō, nàxiē shì wǒ chīguò de zuì hǎo de jiǎozi. Dànshì xiàng wáng fūrén, zhè kělián de nǚrén zěnme néng mǎi nàme hǎochī de dōngxi ne?"

Chǔ fūrén huídá, "Wǒ zhīdào. Wǒ tīngdào wáng fūrén zài zuò jiǎozi de shíhòu, shuō le yìxiē shénqí de huà. Zuìhòu, wǒ kàn dào tā cóng guō lǐ náchū yígè dōngxi, cáng zài hézi lǐ. Wǒ xiǎng zhè shì yì zhǒng shénqí de mèilì."

"Shénqí de mèilì, shì ma? Gàosù wǒ, wèishénme hǎoshì

外一个村庄来的。他们听人们说王夫人家里有好吃的东西，想试试。王夫人为楚先生和楚夫人做了好吃的饺子。但是楚夫人仔细地看着，看见王夫人把金甲虫从锅里拿出来，放在一个小盒子里。她还听到王夫人在做吃的东西的时候，对饺子说了奇怪的话。

后来，楚先生和楚夫人回到自己家的时候，楚先生说，"我说，那些是我吃过的最好的饺子。但是像王夫人，这可怜的女人怎么能买那么好吃的东西呢？"

楚夫人回答，"我知道。我听到王夫人在做饺子的时候，说了一些神奇的话。最后，我看到她从锅里拿出一个东西，藏在盒子里。我想这是一种神奇的魅力[19]。"

"神奇的魅力，是吗？告诉我，为什么好事

---

¹⁹ 魅力　　　　mèilì – a magic charm

zǒngshì biérén de, ér huàishì zǒng shì wǒmen de? Yěxǔ wǒmen kěyǐ jiè jǐ tiān mèilì. Wǒmen dāngrán bú huì tōu tā. Dànshì wǒmen kěyǐ yòng yī, liǎng gè xīngqī, ránhòu huán gěi tāmen."

"Nǐ yào zěnme zuò? Tāmen de wūzi hěn xiǎo. Tāmen huì kàndào nǐ de. Nǐ zhīdào nà jù lǎohuà, cóng yàofàn rén nàlǐ tōu dōngxi bǐ cóng guówáng nàlǐ tōu dōngxi gèng nán."

"Wǒmen yào děngdào tāmen líkāi wūzi, ránhòu wǒmen cáinéng zhǎodào shénqí de mèilì. Zhè yīnggāi hěn róngyì. Wáng fūrén gàosù wǒ, tā míngtiān yào qù sìmiào. Dāng tā chūqù de shíhòu, wǒmen jiù qù nàlǐ, jièyòng mèilì."

Dì èr tiān, Chǔ fūrén qù le wáng fūrén de jiā. Tā qiāo mén, dànshì méiyǒu kàndào yǒurén lái. Tā zǒu jìn wūnèi, hěn kuài zhǎodào le hézi, wǎng lǐ kàn, kàndào jīn jiǎchóng, bǎ tā ná

总是别人的，而坏事总是我们的？也许我们
可以借几天魅力。我们当然不会偷[20]它。但
是我们可以用一、两个星期，然后还给他
们。”

“你要怎么做？他们的屋子很小。他们会看
到你的。你知道那句老话，从要饭[21]人那里
偷东西比从国王[22]那里偷东西更难。”

“我们要等到他们离开屋子，然后我们才能
找到神奇的魅力。这应该很容易。王夫人告
诉我，她明天要去寺庙[23]。当她出去的时
候，我们就去那里，借用魅力。”

第二天，楚夫人去了王夫人的家。她敲门，
但是没有看到有人来。她走进屋内，很快找
到了盒子，往里看，看到金甲虫，把它拿

20	偷	tōu – to steal
21	要饭	yàofàn – to beg for food
22	国王	guówáng – king
23	寺庙	sìmiào – temple

qǐ. Nà zhī gǒu zhèngzài shuìjiào, shénme yě méiyǒu kànjiàn. Māo kànjiàn le Chǔ fūrén, dànshì zhǐshì kànzhe tā. Chǔ fūrén bǎ jīn jiǎchóng fàng jìn tā de wàiyī lǐ, huí dào tā zìjǐ de jiā lǐ.

Wáng fūrén cóng sìmiào huílái, juédìng zuò yí dùn hǎochī de jīdàn tāng wǎnfàn. Tā zǒu dào xiǎo hézi nàlǐ, dànshì jiǎchóng dāngrán búzài nà'er le. Tā láihuí zǒu le shí cì, kànzhe hézi lǐ, dànshì nà zhī jiǎchóng búzài nà'er. Tā gàosù tā de érzi, tāmen liǎng gè zài wūzi lǐ dàochù zhǎo, dànshì zhǎobúdào jiǎchóng.

Zài yǐhòu de jǐ tiān lǐ, nǚrén hé tā de érzi, dāngrán hái yǒu gǒu hé māo dōu fēicháng de è. Tāmen yòu è le. Tāmen dōu shòu le. Tāmen dōu yīnwèi yòu è yòu lěng ér shēngbìng le. Dòngwù měitiān dōu bìxū chūqù zhǎo shèng fàn shèng cài chī. Dànshì, yǒu yìtiān, dāng tāmen zǒu zài jiēdào shàng, zhǎo shèng fàn shèng cài de shíhòu, nà zhī māo tūrán tiào le qǐlái.

起。那只狗正在睡觉，什么也没有看见。猫看见了<u>楚</u>夫人，但是只是看着她。<u>楚</u>夫人把金甲虫放进她的外衣里，回到她自己的家里。

<u>王</u>夫人从寺庙回来，决定做一顿好吃的鸡蛋汤晚饭。她走到小盒子那里，但是甲虫当然不在那儿了。她来回走了十次，看着盒子里，但是那只甲虫不在那儿。她告诉她的儿子，他们两个在屋子里到处找，但是找不到甲虫。

在以后的几天里，女人和她的儿子，当然还有狗和猫都非常的饿。他们又饿了。他们都瘦了。他们都因为又饿又冷而生病了。动物每天都必须出去找剩饭剩菜吃。但是，有一天，当他们走在街道上，找剩饭剩菜的时候，那只猫突然跳了起来。

"Nǐ zěnmele?" gǒu jiàozhe.

"Nǐ jìdé ma? Měi cì wǒmen de zhǔrén zuò fàn de shíhòu, dōuhuì cóng hézi lǐ náchū yì zhī xiǎo jīn jiǎchóng fàng jìn guō lǐ. Yǒu yícì, tā zài wǒ qiánmiàn názhe jiǎchóng, shuō 'Kàn, Báitóu, zhè jiùshì wǒmen xìngfú de yuányīn.' Ránhòu, tā bǎ jiǎchóng fàng huí hézi lǐ."

"Nǐ wèishénme bù zǎo yìdiǎn gàosù wǒ?"

"Nà shíhòu, nà bú zhòngyào, dànshì xiànzài zhè hěn zhòngyào. Chǔ xiānshēng hé Chǔ fūrén yǔ wǒmen yìqǐ chī wǎnfàn de dì èr tiān, Chǔ fūrén yígè rén huí dào wǒmen jiā. Wǒ kàndào tā ná le jiǎchóng. Xiànzài, wǒ xiǎng tā hé tā de zhàngfu zài wǒmen è de shíhòu, zhèngzài chīzhe hǎochī de fàncài!"

"Wǒ yào qù yǎo tāmen liǎ de tuǐ."

"Bùxíng, nà méiyǒu yòng. Gǒu hé māo bùnéng yīnwèi zhège ér

"你怎么了？"狗叫着。

"你记得吗？每次我们的主人[24]做饭的时候，都会从盒子里拿出一只小金甲虫放进锅里。有一次，她在我前面拿着甲虫，说'看，白头，这就是我们幸福的原因。'然后，她把甲虫放回盒子里。"

"你为什么不早一点告诉我？"

"那时候，那不重要，但是现在这很重要。楚先生和楚夫人与我们一起吃晚饭的第二天，楚夫人一个人回到我们家。我看到她拿了甲虫。现在，我想她和她的丈夫在我们饿的时候，正在吃着好吃的饭菜！"

"我要去咬[25]他们俩的腿。"

"不行，那没有用。狗和猫不能因为这个而

---

24 主人　　　zhǔrén – master, host
25 咬　　　　yǎo – to bite

qù yǎo tāmen, wǒmen yào bǎ zhè jiàn shìqing liú gěi zhǔrén. Wǒmen de gōngzuò shì ná huí jīn jiǎchóng."

"Hǎo zhǔyì. Dànshì wǒ bùnéng zuò. Wǒ bùnéng yuè qiáng jìnrù Chǔ jiā. Nà shì māo de gōngzuò."

"Shì de. Dànshì nǐ kěyǐ bāngzhù wǒ dào nàlǐ. Chǔ jiā zài hé de lìngwài yìbiān. Wǒmen xūyào guò hé, dànshì wǒ bú huì yóuyǒng. Dāng nǐ guò hé de shíhòu, wǒ bìxū qí zài nǐ de bèi shàng."

Nàtiān wǎnshàng, Hēijiǎo gǒu hé Báitóu māo líkāi jiā, qùle Chǔ jiā. Báitóu qí zài Hēijiǎo de bèi shàng, tāmen hěn róngyì de guò le hé. Dàng yuèliang zài gāo gāo de tiānshàng, tāmen lái dào le Chǔ jiā. Báitóu tiào dào qiáng shàng, ránhòu tiào dào yuànzi lǐ.

Jiù zài zhège shíhòu, Báitóu kàn dào le yì zhīǐ lǎoshǔ. Tā názhe lǎoshǔ, zhèng xiǎng yào chī tā shí, lǎoshǔ duì tā shuōhuà. Tā

去咬他们，我们要把这件事情留给主人。我
们的工作是拿回金甲虫。”

“好主意。但是我不能做。我不能越墙进入
楚家。那是猫的工作。”

“是的。但是你可以帮助我到那里。楚家在
河的另外一边。我们需要过河，但是我不会
游泳。当你过河的时候，我必须骑在你的背
上。”

那天晚上，黑脚狗和白头猫离开家，去了楚
家。白头骑在黑脚的背上，他们很容易地过
了河。当月亮在高高的天上，他们来到了楚
家。白头跳到墙上，然后跳到院子[26]里。

就在这个时候，白头看到了一只老鼠。她拿
着老鼠，正想要吃它时，老鼠对她说话。它

---

[26] 院子　　　　yuànzi – courtyard

shuō, "Dà bái māo, bié chī wǒ!"

"Wèishénme bù?" māo wèn.

"Zhè wūzi lǐ de rén hé dòngwù dōu hěn qióng, dànshì wǒmen dōu shì kǒngzǐ de xuéshēng. Wǒmen xiāngxìn tā de huà. Rúguǒ nǐ fàng wǒ zǒu, wǒ huì zuò rènhé nǐ yāoqiú wǒ zuò de shìqing."

Báitóu fēicháng è, zhèngzài xiǎngzhe lǎoshǔ huì yǒu duō hǎochī. Dànshì tā zhǐshì shuō, "Yěxǔ wǒ huì ràng nǐ zǒu. Dànshì shǒuxiān qǐng gàosù wǒ, nǐ de zhǔrén jīntiān wǎnshàng chī le nǎ zhǒng dōngxi, tāmen yǒu méiyǒu gěi nǐ rènhé chī de dōngxi? Nǐ kàn qǐlái hěn pàng!"

"Wǒ de zhǔrén zuìjìn yùnqì hěn hǎo. Wǒmen yìzhí chī dé hěn hǎo!"

"Dànshì nǐ de wūzi kànshàngqù hěn chà. Tāmen zěnme néng mǎi zhème duō chī de dōngxi?"

"A, wǒ bùnéng gàosù rènhé rén zhè jiàn shìqing. Dànshì wǒ

说，"大白猫，别吃我！"

"为什么不？"猫问。

"这屋子里的人和动物都很穷，但是我们都是孔子的学生。我们相信他的话。如果你放我走，我会做任何你要求我做的事情。"

白头非常饿，正在想着老鼠会有多好吃。但是她只是说，"也许我会让你走。但是首先请告诉我，你的主人今天晚上吃了哪种东西，他们有没有给你任何吃的东西？你看起来很胖！"

"我的主人最近运气很好。我们一直吃得很好！"

"但是你的屋子看上去很差。他们怎么能买这么多吃的东西？"

"啊，我不能告诉任何人这件事情。但是我

huì gàosù nǐ. Zuìjìn tāmen dédào le shénqí de mèilì."

"Nà shì tāmen cóng wǒjiā tōu de!" Māo hěn xiǎoshēng de shuō. "Cóng nà yǐhòu, wǒmen jiù yìzhí èzhe!"

"A, nà jiùshì wèishénme wǒmen zuìjìn de yùnqì tèbié hǎo. Wǒ bù zhīdào wèishénme wǒmen tūrán yǒu zhème duō chī de dōngxi. Dànshì wǒ zhǐshì yì zhī lǎoshǔ, suǒyǐ wǒ dāngrán bùnéng wèn rènhé wèntí."

"Hǎo ba, wǒ de lǎoshǔ xiǎopéngyǒu, jīn wǎn nǐ de yùnqì hǎo. Qù bǎ nàgè mófǎ mèilì ná lái gěi wǒ, wǒ huì ràng nǐ zǒu. Nǐ bú zài shì wǒ de núlì. Wǒ xiànzài jiù huì ràng nǐ zǒu, yīnwèi nǐ shì Kǒngzǐ de xuéshēng, wǒ zhīdào nǐ huì ànzhào nǐ shuō de qù zuò."

Lǎoshǔ pǎo huí wūzi lǐ, wǔ fēnzhōng yǐhòu, zuǐ lǐ dàizhe jīn jiǎchóng huílái. Tā bǎ jiǎchóng fàng dào dìshàng, ránhòu táitóu, kàn dào māo yǎnjīng lǐ de è, mǎshàng tóu yě bù huí de pǎo le.

会告诉你。最近他们得到了神奇的魅力."

"那是他们从我家偷的！"猫很小声地说。
"从那以后，我们就一直饿着！"

"啊，那就是为什么我们最近的运气特别好。我不知道为什么我们突然有这么多吃的东西。但是我只是一只老鼠，所以我当然不能问任何问题。"

"好吧，我的老鼠小朋友，今晚你的运气好。去把那个魔法魅力拿来给我，我会让你走。你不再是我的奴隶[27]。我现在就会让你走，因为你是<u>孔子</u>的学生，我知道你会按照你说的去做。"

老鼠跑回屋子里，五分钟以后，嘴里带着金甲虫回来。它把甲虫放到地上，然后抬头，看到猫眼睛里的饿，马上头也不回地跑了。

---

[27] 奴, 奴隶　　　　　nú, núlì – slave

Māo yòng zuǐ ná qǐ le jiǎchóng. Ránhòu tā tiào huí dào qiáng shàng. Ránhòu liǎng zhī dòngwù zài tàiyáng chūlái zhī qián huí dào le jiālǐ.

Māo hé gǒu dàojiā shí, fāxiàn wūzi de mén guānzhe. Hēijiǎo dà jiàozhe, jiào le hěn cháng shíjiān, dànshì mén méiyǒu kāi. Tāmen néng tīng dào wūzi lǐ kū de shēngyīn. "Wǒ tīng dào Wáng fūrén zài kū," māo shuō. "Wǒ yào qùràng tā gāoxìng."

Báitóu cóng kāizhe de chuāng tiào jìnqù. Tā dàochù kàn le kàn. Mínglǐ tǎng zài chuángshàng, yīnwèi méiyǒu chī de dōngxi, jīhū kuài sǐ le. Mǔqīn zuò zài fùjìn, kūzhe xiǎng yào yǒurén lái bāngzhù tāmen.

"Wǒ zài zhèlǐ, nǚ zhǔrén!" māo kūzhe, "zhè shì nín kūzhe xiǎng yào de hǎo dōngxi. Wǒ yǐjīng bāng nín bǎ tā dài huílái le."

Wáng fūrén tiàoqǐlái, kàndào māo bàozhe jīn jiǎchóng, gāoxìng de

猫用嘴拿起了甲虫。然后它跳回到墙上。然后两只动物在太阳出来之前回到了家里。

猫和狗到家时，发现屋子的门关着。黑脚大叫着，叫了很长时间，但是门没有开。他们能听到屋子里哭的声音。"我听到王夫人在哭，"猫说。"我要去让她高兴。"

白头从开着的窗跳进去。她到处看了看。明礼躺在床[28]上，因为没有吃的东西，几乎快死了。母亲坐在附近，哭着想要有人来帮助他们。

"我在这里，女主人！"猫哭着，"这是您哭着想要的好东西。我已经帮您把它带回来了。"

王夫人跳起来，看到猫抱着金甲虫，高兴地

---

[28] 床　　　　chuáng – bed

kū le. "Wǒ de érzi, shì chīfàn de shíhòu le!" tā shuō, tā pǎo dào chúfáng, shāo kāishuǐ. Jǐ fēnzhōng yǐhòu, tāmen yǒu le yí dà guō hǎochī de jiǎozi. Wáng fūrén gěi érzi sān fēn zhī yī, gěi zìjǐ sān fēn zhī yī, gěi hěn è de māo sān fēn zhī yī.

Zhège shíhòu, māo yīnggāi gàosù tāmen, tā hé Hēijiǎo shì zěnme yìqǐ bǎ jīn jiǎchóng ná huílái de. Dànshì guānyú gǒu de shìqing, māo shénme yě méiyǒu shuō. Tā de dùzi hěn bǎo, suǒyǐ tā zhǐshì zài nàlǐ hěn ānjìng. Wūzi wài, ēHijiǎo děngzhe, yīnwèi è ér méiyǒu lìqì. Zuìhòu, māo chūqù jiàn tā.

"A, wǒ de lǎo péngyǒu Hēijiǎo," nà zhī māo shuō. "Nǐ yīnggāi yǐjīng kàndào wǒmen hǎochī de zǎofàn. Xiàng dàshān yíyàng duō de rè jiǎozi. Xiànzài wǒ de dùzi bǎo le. Dànshì wǒ kàn nǐ hěn è. Nǐ yīnggāi dào jiēdàoshàng qù, yěxǔ nǐ kěyǐ zhǎodào yìxiē shèng fàn shèng cài chī."

哭了。"我的儿子，是吃饭的时候了！"她说，她跑到厨房，烧开水。几分钟以后，他们有了一大锅好吃的饺子。王夫人给儿子三分之一，给自己三分之一，给很饿的猫三分之一。

这个时候，猫应该告诉他们，她和黑脚是怎么一起把金甲虫拿回来的。但是关于狗的事情，猫什么也没有说。她的肚子很饱，所以她只是在那里很安静。屋子外，黑脚等着，因为饿而没有力气。最后，猫出去见他。

"啊，我的老朋友黑脚，"那只猫说。"你应该已经看到我们好吃的早饭。像大山一样多的热饺子。现在我的肚子饱了。但是我看你很饿。你应该到街道上去，也许你可以找到一些剩饭剩菜吃。"

Nà zhī gǒu fēicháng shēngqì, hěn xiǎng shā sǐ zhè zhī māo. Māo táo zǒu le, gǒu gēnzhe tā zài cūnzhuāng de jiēdào shàng pǎo lái pǎo qù. Dāng tāmen pǎozhe de shíhòu, nà zhī gǒu jiào lái cūnzhuāng lǐ suǒyǒu qítā de gǒu, shuō bùnéng xiāngxìn nà zhī māo, suǒyǒu de gǒu dōu yīnggāi bāngzhù tā shā sǐ nà zhī māo. Hěn kuài yǒu jǐ shí zhī gǒu zài jiēdào shàng gēnzhe nà zhī māo. Zuìhòu, māo kànjiàn jiēdào shàng yì pǐ mǎ lāzhe mǎchē. Māo tiào shàng mǎchē, chū le cūnzhuāng, gǒu jiàozhe zhuīzhe tā.

Zhè jiùshì wèishénme jíshǐ zài jīntiān, gǒu hái zài tǎoyàn māo, Hēijiǎo de érzi, sūnzi, sūnzi de érzi, duì Báitóu de érzi, sūnzi, sūnzi de érzi yǒngyuǎn búshì péngyǒu.

那只狗非常生气，很想杀[29]死这只猫。猫逃[30]走了，狗跟着它在村庄的街道上跑来跑去。当他们跑着的时候，那只狗叫来村庄里所有其他的狗，说不能相信那只猫，所有的狗都应该帮助他杀死那只猫。很快有几十只狗在街道上跟着那只猫。最后，猫看见街道上一匹马拉着马车[31]。猫跳上马车，出了村庄，狗叫着追着它。

这就是为什么即使在今天，狗还在讨厌猫，<u>黑脚</u>的儿子、孙子、孙子的儿子，对<u>白头</u>的儿子、孙子、孙子的儿子永远不是朋友。

---

[29] 杀　　　shā – to kill
[30] 逃　　　táo – to run away
[31] 马车　　mǎchē – cart

The Ball of Fire

火球

Huǒqiú

Yīngluó xǐng le. Yì kāishǐ, tā bù zhīdào zìjǐ zài nǎ'er. Tā yòu lèi yòu lěng. Ránhòu tā xiǎngqǐlái le. Tā zài hǎiyáng shàng de yìtiáo chuánshàng, yígè rén.

Liǎng gè xīngqī yǐqián, tā hé fùmǔ, gēgē dìdì yìqǐ zuò shàng le chuán. Tāmen jìhuà cóng zhōngguó běifāng de cūnzhuāng, wǎng nán qù Shànghǎi. Chuánshàng yǒu liǎngbǎi míng kèrén, quánbù shì tā de cūnzhuāng lǐ de rén, hái yǒu dàgài shí'èr míng de chuányuán. Kāishǐ de shíhòu, méiyǒu wèntí. Dànshì hěn kuài, tiānqì biàn dé hěn huài, guā dàfēng xià dàyǔ. Ránhòu kèrén hé chuányuán kāishǐ gǎnjué dào hěn bù shūfú. Ránhòu suǒyǒu de kèrén hé chuányuán dōu bìng dé hěn yánzhòng. Guò le bùjiǔ, tāmen quánbù dōu sǐ le.

Dànshì Yīngluó méiyǒu shēngbìng. Tā bù zhīdào wèishénme shén ràng tā huózhe. Xiànzài tā yìrén zài chuánshàng. Tā hěn hàipà, yòu lěng

火球

<u>英罗</u>醒了。一开始，他不知道自己在哪儿。他又累又冷。然后他想起来了。他在海洋上的一条船上，一个人。

两个星期以前，他和父母、哥哥弟弟一起坐上了船。他们计划从<u>中国</u>北方的村庄，往南去<u>上海</u>。船上有两百名客人，全部是他的村庄里的人，还有大概十二名的船员[32]。开始的时候，没有问题。但是很快，天气变得很坏，刮大风下大雨。然后客人和船员开始感觉到很不舒服。然后所有的客人和船员都病得很严重。过了不久，他们全部都死了。

但是<u>英罗</u>没有生病。他不知道为什么神让他活着。现在他一人在船上。他很害怕，又冷

---

[32] 船员　　　chuányuán – crew

yòu è.

Yóuyú méiyǒu chuányuán huózhe, suǒyǐ méiyǒu rén kāi zhè tiáo chuán, chuán zài fēng lǐ zhuǎn lái zhuǎn qù. Dà làng zhuàng shàng le jiǎbǎn, yòu lěng yòu xián de shuǐ dǎ xiàng nán háizi. Fēng cóng dōngfāng guòlái, bǎ chuán mànman de kāi wǎng Shànghǎi. Zài hěn yuǎn de dìfāng, Yīngluó kěyǐ kàndào shuǐ lǐ hēisè de dà shítou. Tā zhīdào, rúguǒ chuán zhuàng dào shítou shàng, chuán huì diào dào hǎiyáng dǐ, tā huì sǐ. Suǒyǐ, tā zhǐshì zuò zài jiǎbǎn shàng, xiàng shén qídǎo, bǎ tā cóng zhè sōu sǐwáng zhī chuán shàng dài zǒu.

Zài tā qídǎo de shíhòu, tā tīngdào tóushàng yǒu yígè shēngyīn. Tā táitóu kàn. Wéigān de zuì gāo diǎn shì yígè huángsè de huǒqiú. Tài qíguài le, tā wàng le xiàng shén qídǎo, tā zhǐshì kàn

又饿。

由于没有船员活着，所以没有人开这条船，船在风里转[33]来转去。大浪[34]撞上了甲板[35]，又冷又咸的水打[36]向男孩子。风从东方过来，把船慢慢地开往<u>上海</u>。在很远的地方，<u>英罗</u>可以看到水里黑色的大石头[37]。他知道，如果船撞到石头上，船会掉到海洋底，他会死。所以，他只是坐在甲板上，向神祈祷[38]，把他从这艘死亡[39]之船上带走。

在他祈祷的时候，他听到头上有一个声音。他抬头看。桅杆[40]的最高点是一个黄色的火球。太奇怪了，他忘了向神祈祷，他只是看

---

33 转　　　zhuǎn – to turn
34 浪　　　làng – a wave
35 甲板　　jiǎbǎn – deck of a ship
36 打　　　dǎ – to hit
37 石头　　shítou – rocks
38 祈祷　　qídǎo – to pray
39 死亡　　sǐwáng – death
40 桅杆　　wéigān – mast of a ship

zhe tā. Zài tā kànzhe shí, huǒqiú biàn dé yòu dà yòu liàng. Huǒqiú mànman de zǒu xià wéigān. Yīngluó bù míngbai. Shì búshì shén tīngdào le tā de qídǎo, sòng lái huǒ, shāo le chuán? Nà hé tā méiguānxì. Rènhé shìqing dōu bǐ yígè rén zài hǎiyáng shàng yòu méiyǒu jiārén dōu hǎo.

Huǒqiú dào le wéigān dǐ, ránhòu dào le jiǎbǎn. Yīngluó děngzhe jiǎbǎn kāishǐ shāo qǐlái. Dànshì jiǎbǎn méiyǒu shāoqǐlái. Xiāngfǎn, huǒqiú méiyǒu le, yígè xiǎo ǎi rén zhàn zài tā de qiánmiàn. Nà rén zǐxì de kànzhe Yīngluó.

"Shì de, nǐ shì wǒ yào zhǎo de nán háizi," xiǎo ǎi rén shuō. "Nǐ shì Yīngluó, zhè chuánshàng jiù nǐ yígè rén hái huózhe."

Yīngluó dà jiào, "Shì de, nǐ zhège hěn bèn de xiǎo ǎi rén, chuánshàng dāngrán jiù wǒ yígè rén hái huózhe!" Dànshì tā bù gǎn zàishuō rènhé de huà. Suǒyǐ tā děngzhe, méiyǒu zài shuōhuà. Chuán jìxù zài fēng lǐ zhuàn lái zhuǎn qù, lí dà hēi shítou gèng jìn

着它。在他看着时，火球变得又大又亮。火球慢慢地走下桅杆。英罗不明白。是不是神听到了他的祈祷，送来火，烧了船？那和他没关系。任何事情都比一个人在海洋上又没有家人都好。

火球到了桅杆底，然后到了甲板。英罗等着甲板开始烧起来。但是甲板没有烧起来。相反，火球没有了，一个小矮人站在他的前面。那人仔细地看着英罗。

"是的，你是我要找的男孩子，"小矮人说。"你是英罗，这船上就你一个人还活着。"

英罗大叫，"是的，你这个很笨的小矮人，船上当然就我一个人还活着！"但是他不敢再说任何的话。所以他等着，没有再说话。船继续在风里转来转去，离大黑石头更近

55

le.

"Nǐ hái jìdé wǒ ma?" xiǎo ǎi rén wèn. "Nǐ yǐqián jiànguò wǒ ma?"

"Wǒ xiǎng wǒ jìdé nǐ," Yīngluó shuō. "Nǐ shì shuí?"

"Yì nián yǐqián, wǒ jīngguò nǐ de cūnzhuāng. Dāngshí, wǒ chuānzhe yàofàn rén de yīfú. Wǒ cóng yìjiā zǒu dào lìngwài yìjiā, yào xiē chī de dōngxi. Dànshì méi rén bāng wǒ. Yípiàn miànbāo dōu méiyǒu rén gěi wǒ. Wǒ kāishǐ juédé cūnzhuāng lǐ méiyǒu yígè hǎorén. Dànshì hòulái nǐ kàndào le wǒ. Nǐ pǎo jìn wū lǐ, ná le yìxiē chī de dōngxi gěi wǒ. Nǐ māmā kàndào le, shānghài le nǐ. Nǐ xiànzài hái jìdé ma?"

"Shì de, wǒ jìdé. Dànshì xiànzài wǒ mǔqīn yǐjīng sǐ le. Wǒ de fùqīn hé gēgē dìdì yě dōu sǐ le. Wǒ jiālǐ xiànzài zhǐyǒu wǒ yígè rén le."

Xiǎo ǎi rén jìxù shuō, "Nǐ yǐwéi wǒ zhǐshì yígè yàofàn de

了。

"你还记得我吗？"小矮人问。"你以前见过我吗？"

"我想我记得你，"英罗说。"你是谁？"

"一年以前，我经过你的村庄。当时，我穿着要饭人的衣服。我从一家走到另外一家，要些吃的东西。但是没人帮我。一片面包都没有人给我。我开始觉得村庄里没有一个好人。但是后来你看到了我。你跑进屋里，拿了一些吃的东西给我。你妈妈看到了，伤害了你。你现在还记得吗？"

"是的，我记得。但是现在我母亲已经死了。我的父亲和哥哥弟弟也都死了。我家里现在只有我一个人了。"

小矮人继续说，"你以为我只是一个要饭的

rén. Dànshì wǒ xiànzài gàosù nǐ, wǒ de míngzì jiào Lǐ Tiěguǎi, dànshì nǐ kěnéng zhǐ zhīdào Guǎizhàng zhège míngzì. Wǒ shì bā gè shén lǐ de yígè. Dāng rénmen zài tándào xītiān lǐ de shén de shíhòu, tāmen huì jiǎng wǒ de gùshì."

"Shì de," Yīngluó shuō, "wǒ tīngguò hěnduō cì guānyú yǒumíng de Tiě Guǎizhàng de gùshì. Rénmen ài nǐ, yīnwèi nǐ duì rén hěn yǒuhǎo."

"Shì ba, zhè kěnéng shì zhēn de, dànshì qùnián, nǐ de jiārén méiyǒu duì wǒ hěn réncí. Dāngrán, nǐ zhīdào, rúguǒ nǐ xiǎng cóng shén nàlǐ dédào réncí, jiù bìxū shǒuxiān gěi shén réncí. Dànshì nǐ cūnzhuāng lǐ méiyǒu rén duì wǒ réncí. Wèishénme yǒu rén huì duì lìhài de Tiě Guǎizhàng réncí, ér méiyǒu duì dīxià de yāofàn rén réncí? Wǒmen dōu shì yíyàng de, búshì ma?"

人。但是我现在告诉你，我的名字叫<u>李铁拐</u>，但是你可能只知道<u>拐杖</u>这个名字。我是八个神里的一个。当人们在谈到<u>西天</u>里的神的时侯，他们会讲我的故事。"

"是的，"<u>英罗</u>说，"我听过很多次关于有名的<u>铁拐杖</u>的故事。人们爱你，因为你对人很友好。"

"是吧，这可能是真的，但是去年，你的家人没有对我很仁慈[41]。当然，你知道，如果你想从神那里得到仁慈，就必须首先给神仁慈。但是你村庄里没有人对我仁慈。为什么有人会对厉害的<u>铁拐杖</u>仁慈，而没有对低下的要饭人仁慈？我们都是一样的，不是吗？"

---

[41] 仁慈　　　réncí – kind, kindness

Yīngluó kūqǐlái le. "Wǒ de fùqīn hé mǔqīn duì zhège yīdiǎn dōu bù zhīdào! Tāmen cóng chūshēng jiù méiyǒu qián, yìzhí dōu méiyǒu qián. Rénmen duì tāmen bù réncí, suǒyǐ tāmen xuéhuì le duì qítā rén bù réncí. Zhè jiùshì wèishénme tāmen méiyǒu duì nǐ réncí!"

"Dànshì nǐ ne, wǒ de érzi? Nǐ de shēnghuó hé tāmen de shēnghuó yíyàng. Xiàng tāmen yíyàng, nǐ guòzhe kùnnán de shēnghuó. Dànshì nǐ bāngzhù le wǒ, suīrán tāmen méiyǒu. Nǐ shì zěnme xuéxí yào duì rén yǒuhǎo de?"

Yīngluó méiyǒu bànfǎ huídá zhèxiē wèntí. Tā zhǐshì shuō, "Tiě Guǎizhàng, wǒ bù míngbai zhèxiē shìqing. Qǐng ràng wǒ de jiārén huó guòlái. Ràng tāmen xuéxí chéngwéi hǎorén hé réncí de rén!"

"Wǒ de érzi, zhè hěn nán. Wǒ xiǎng wǒ kěyǐ zuò dào, dànshì nǐ bìxū wèi wǒ zuò liǎng jiàn shìqing."

"Wǒ huì zuò rènhé shìqing. Gàosù wǒ!"

<u>英罗</u>哭起来了。"我的父亲和母亲对这个一点都不知道！他们从出生就没有钱，一直都没有钱。人们对他们不仁慈，所以他们学会了对其他人不仁慈。这就是为什么他们没有对你仁慈！"

"但是你呢，我的儿子？你的生活和他们的生活一样。像他们一样，你过着困难的生活。但是你帮助了我，虽然他们没有。你是怎么学习要对人友好的？"

<u>英罗</u>没有办法回答这些问题。他只是说，"<u>铁拐杖</u>，我不明白这些事情。请让我的家人活过来。让他们学习成为好人和仁慈的人！"

"我的儿子，这很难。我想我可以做到，但是你必须为我做两件事情。"

"我会做任何事情。告诉我！"

"Shǒuxiān, nǐ bìxū gàosù wǒ, nǐ fùqīn hé mǔqīn zuòguò de hǎo shìqing. Yí jiàn shìqing jiù gòu le."

Yīngluó nǔlì de xiǎng. Ránhòu tā shuō, "Wǒ zhīdào! Yǒu yícì, wǒ de fùqīn hé mǔqīn qù sìmiào lǐ shāoxiāng, zhè shì gěi shén de lǐwù."

"Wǒ jìdé. Dànshì wèishénme tāmen yào shāoxiāng ne? Nà shì yīnwèi nǐ de gēgē shēngbìng le, yīshēng méiyǒu bànfǎ bāngzhù tā. Nǐ de fùqīn hé mǔqīn qǐng shén bāngzhù tā. Dànshì zhè búshì réncí, ér shì wèi tāmen zìjǐ. Nǐ de fùqīn hé mǔqīn xīwàng nǐ de gēgē huózhe, dāng tāmen lǎo de shíhòu tā jiù kěyǐ zhàogù tāmen."

Yīngluó kànzhe tā de jiǎo. "Shì de, nǐ shì duì de," tā shuō.

"Nǐ hái néng xiǎngdào bié de ma?"

"Shì de, wǒ néng. Qùnián, yígè rén lái dào wǒmen de cūn

"首先，你必须告诉我，你父亲和母亲做过的好事情。一件事情就够了。"

<u>英罗</u>努力地想。然后他说，"我知道！有一次，我的父亲和母亲去寺庙里烧香，这是给神的礼物。"

"我记得。但是为什么他们要烧香呢？那是因为你的哥哥生病了，医生没有办法帮助他。你的父亲和母亲请神帮助他。但是这不是仁慈，而是为他们自己。你的父亲和母亲希望你的哥哥活着，当他们老的时候他就可以照顾他们。"

<u>英罗</u>看着他的脚。"是的，你是对的，"他说。

"你还能想到别的吗？"

"是的，我能。去年，一个人来到我们的村

zhuāng. Méiyǒu rén rènshi tā. Tā zài wǒmen jiāmén wài shēngbìng le. Wǒ de fùqīn hé mǔqīn zhàogù le tā."

"Duōjiǔ?"

"Dàgài yígè xīngqī. Ránhòu tā sǐ le."

"A. Tāmen yòng nàgè rén de mǎ hé tā bāo lǐ de qián zuò le shénme? Tāmen yǒu méiyǒu shìzhe bǎ tā huán gěi tā de jiārén?"

"Méiyǒu, tāmen shuō tāmen yào liúzhe tā, yīnwèi tāmen zhàogù le tā yī xīngqī." Dāng Yīngluó xiǎngqǐ zhèxiē, tā de liǎn biàn hóng le.

Tiě Guǎizhàng shuō, "Wǒ de érzi, zài xiǎng xiǎng. Nǐ hái néng xiǎngdào nǐ fùqīn hé mǔqīn zuòguò de yí jiàn hǎo shìqing ma?"

Yīngluó ānjìng le hěn cháng shíjiān, xiǎngzhe. "Shì de, yǒu yí jiàn xiǎo shìqing. Qùnián chūntiān, yìxiē niǎo zài wǒ fùqīn de huāyuán lǐ chī dōngxi. Wǒ mǔqīn xiǎng shā sǐ nàxiē niǎo. Dànshì fù

庄。没有人认识他。他在我们家门外生病
了。我的父亲和母亲照顾了他。"

"多久？"

"大概一个星期。然后他死了。"

"啊。他们用那个人的马和他包里的钱做了
什么？他们有没有试着把它还给他的家
人？"

"没有，他们说他们要留着它，因为他们照
顾了他一星期。"当<u>英罗</u>想起这些，他的脸
变红了。

<u>铁拐杖</u>说，"我的儿子，再想想。你还能想
到你父亲和母亲做过的一件好事情吗？"

<u>英罗</u>安静了很长时间，想着。"是的，有一
件小事情。去年春天，一些鸟在我父亲的花
园里吃东西。我母亲想杀死那些鸟。但是父

qīn shuō bú yào, nàxiē niǎo bù yīnggāi sǐ. Tā zhǐshì duì tāmen dà jiào, niǎo fēi zǒu le."

Tiě Guǎizhàng xiàozhe shuō, "Hǎo, wǒ de érzi! Nǐ yǐjīng xiǎngqǐ le yí jiàn zhēnzhèng de hǎo shìqing. Nǐ de fùqīn hé mǔqīn ràng niǎo huózhe. Suǒyǐ, wǒ huì ràng tāmen huózhe. Xiànzài, gàosù wǒ nǐ de fùqīn, mǔqīn hé gēgē dìdì zài nǎlǐ. Wǒ huì bāngzhù tāmen de, dànshì qǐng jìdé nǐ shuōguò yào wèi wǒ zuò liǎng jiàn shìqing. Nǐ yǐjīng zuò le yí jiàn shìqing. Hěn kuài, nǐ bìxū zuò dì èr jiàn shìqing. Nǐ bìxū hé nǐ de jiārén yìqǐ liú zài zhè'er, ér bùnéng hé wǒ yìqǐ qù Xītiān."

Duì Yīngluó lái shuō, zhè búshì wèntí. Xiànzài tā yòu lěng yòu è, zài hǎiyáng lǐ de yìtiáo chuánshàng, tā de jiārén dōu sǐ le. Néng zài yícì hé jiārén yìqǐ shēnghuó, zhēnshi tài hǎo le, hěn nán ràng rén xiāngxìn, hé qítā rènhé shìqing bǐ, Yīngluó gèng xiǎng yào zhège. "Dāngrán kěyǐ," tā duì Tiě Guǎizhàng

亲说不要，那些鸟不应该死。他只是对他们
大叫，鸟飞[42]走了。"

铁拐杖笑着说，"好，我的儿子！你已经想
起了一件真正的好事情。你的父亲和母亲让
鸟活着。所以，我会让他们活着。现在，告
诉我你的父亲、母亲和哥哥弟弟在哪里。我
会帮助他们的，但是请记得你说过要为我做
两件事情。你已经做了一件事情。很快，你
必须做第二件事情。你必须和你的家人一起
留在这儿，而不能和我一起去西天。"

对英罗来说，这不是问题。现在他又冷又
饿，在海洋里的一条船上，他的家人都死
了。能再一次和家人一起生活，真是太好
了，很难让人相信，和其他任何事情比，英
罗更想要这个。"当然可以，"他对铁拐杖

---

⁴² 飞　　　　fēi – to fly

shuō, "wǒ hěn yuànyì hé jiārén zài zhèlǐ yīqǐ shēnghuó, bú qù Xītiān."

Ránhòu, Yīngluó chuānguò jiǎbǎn, cóng suǒyǒu de sǐ le de kèrén hé chuányuán shēntǐ shàng yuèguò. Tā ràng Tiě Guǎizhàng kàn le tā de sǐ le de fùqīn, mǔqīn hé gēgē dìdì de shēntǐ. Tiě Guǎizhàng yòng guǎizhàng diǎn le tā de měi gè jiārén de tóu. Měi gè rén dōu zhāng kāi yǎnjīng, kàndào Tiě Guǎizhàng hé Yīngluó zhàn zài tāmen de pángbiān. Tāmen dōu fēicháng de hàipà.

Tiě Guǎizhàng zuò wán yǐhòu, tā duì tāmen shuō, "Nǐmen suǒyǒu de rén dōu tīngzhe. Yī nián yǐqián, wǒ jīngguò nǐmen de cūnzhuāng, yào yìdiǎn chī de dōngxi. Nǐmen bāng wǒ le ma? Méiyǒu, nǐmen méiyǒu bāngzhù wǒ. Xiànzài nǐmen qù le dìxià. Nǐmen yǐjīng kàndào le Yánluó Wáng de dìfāng, zhè shì yígè wánquán méiyǒu réncí de dìfāng. Nǐmen xǐhuān nàgè dìfāng ma? Wǒ xiǎng nǐmen bú huì xǐhuān. Hǎo ba, dàochù dōu shì xiàng nǐmen yíyàng de rén!"

说，"我很愿意和家人在这里一起生活，不去西天。"

然后，英罗穿过甲板，从所有的死了的客人和船员身体上越过。他让铁拐杖看了他的死了的父亲、母亲和哥哥弟弟的身体。铁拐杖用拐杖点了他的每个家人的头。每个人都张开眼睛，看到铁拐杖和英罗站在他们的旁边。他们都非常的害怕。

铁拐杖做完以后，他对他们说，"你们所有的人都听着。一年以前，我经过你们的村庄，要一点吃的东西。你们帮我了吗？没有，你们没有帮助我。现在你们去了地下。你们已经看到了阎罗王的地方，这是一个完全没有仁慈的地方。你们喜欢那个地方吗？我想你们不会喜欢。好吧，到处都是像你们一样的人！"

"Suǒyǐ, wèishénme nǐmen xiànzài hái huózhe, ér búshì zài Yánluó Wáng de dìfāng? Shì yīnwèi zhège niánqīng de nán háizi. Wǒ gàosù nǐmen, zhège nán háizi duì zhège shìjiè tài hǎo le. Tā yīnggāi hé Xītiān de shén shēnghuó zài yìqǐ. Dànshì tā gàosù wǒ tā xiǎng bāngzhù nǐmen, jíshǐ tā hěn qīngchǔ tā méiyǒu bànfǎ hé wǒ yìqǐ huí dào Xītiān. Suǒyǐ, tā huì liú zài zhège shìjiè shàng, hé nǐmen yìqǐ zhù zài nǐmen de wūzi lǐ. Rúguǒ nǐmen duì tā bù hǎo, wǒ huì mǎshàng huí dào nǐmen de cūnzhuāng. Wǒ huì bǎ zhège nán háizi dài huí Xītiān, nǐmen dōu huì sǐ, bìngqiě huí dào Yánluó Wáng de dìfāng. Nǐmen míngbai ma?"

Yīngluó de fùqīn, mǔqīn hé gēgē dìdì kànzhe Tiě Guǎizhàng, ránhòu kànzhe Yīngluó. Tāmen dōu diǎnle diǎn tóu.

Tiě Guǎizhàng shuō, "Hǎo ba. Xiànzài, wǒ de háizi, názhe wǒ de guǎizhàng. Kànkàn zhōuwéi sǐ le de kèrén hé chuányuán. Yòng guǎizhàng qiāo dǎ wéigān sān biàn, duì nǐ zìjǐ shuō, 'Huílái ba, shēngmìng.'"

"所以，为什么你们现在还活着，而不是在阎罗王的地方？是因为这个年轻的男孩子。我告诉你们，这个男孩子对这个世界太好了。他应该和西天的神生活在一起。但是他告诉我他想帮助你们，即使他很清楚他没有办法和我一起回到西天。所以，他会留在这个世界上，和你们一起住在你们的屋子里。如果你们对他不好，我会马上回到你们的村庄。我会把这个男孩子带回西天，你们都会死，并且回到阎罗王的地方。你们明白吗？"

英罗的父亲、母亲和哥哥弟弟看着铁拐杖，然后看着英罗。他们都点了点头。

铁拐杖说，"好吧。现在，我的孩子，拿着我的拐杖。看看周围死了的客人和船员。用拐杖敲打桅杆三遍，对你自己说，'回来吧，生命。'"

Yīngluó ná qǐ guǎizhàng, zǒuxiàng wéigān, qiāo le sān biàn, tā duì zìjǐ shuō, "Huílái ba, shēngmìng!" Zài tā zhōuwéi, kèrén hé chuányuán dōu zhāng kāi yǎnjīng, zhàn le qǐlái.

Tiě Guǎizhàng duì nán háizi shuō, "Xiànzài, shì shíhòu bǎ zhèxiē rén sòng huí tāmen de cūnzhuāng le. Wǒ bù xīwàng tāmen qù shànghǎi, yīnwèi tāmen hái méiyǒu zhǔnbèi hǎo hé qítā rén jiànmiàn. Tāmen bìxū gǎibiàn tāmen de shēnghuó, chéngwéi hǎorén. Bǎ tāmen dài huí dào tāmen de cūnzhuāng."

Yīngluó yòng guǎizhàng qiāodǎ wéigān sān biàn, tā duì zìjǐ shuō, "Huí dào cūnzhuāng!" Chuán mǎshàng zhuǎn fāngxiàng, hǎoxiàng yì zhī xiǎo niǎo yíyàng kuài de fēiguò hǎiyáng, huí dào le tāmen de cūnzhuāng. Dāng chuán jìn àn de shíhòu, Tiě Guǎizhàng biàn huí dào yígè huángsè de huǒqiú, zǒu dào wéigān de zuìgāo diǎn, ránhòu fēi xiàng lán tiān. Chuánshàng de suǒyǒu rén dōu kànzhe huǒqiú bùjiàn le.

<u>英罗</u>拿起拐杖，走向桅杆，敲了三遍，他对自己说，"回来吧，生命！"在他周围，客人和船员都张开眼睛，站了起来。

<u>铁拐杖</u>对男孩子说，"现在，是时候把这些人送回他们的村庄了。我不希望他们去<u>上海</u>，因为他们还没有准备好和其他人见面。他们必须改变他们的生活，成为好人。把他们带回到他们的村庄。"

<u>英罗</u>用拐杖敲打桅杆三遍，他对自己说，"回到村庄！"船马上转方向，好像一只小鸟一样快地飞过海洋，回到了他们的村庄。当船近岸[43]的时候，<u>铁拐杖</u>变回到一个黄色的火球，走到桅杆的最高点，然后飞向蓝天。船上的所有人都看着火球不见了。

---

[43] 岸　　　　àn – shore

Yīngluó jīdòng de bàozhe tā de fùqīn hé mǔqīn, tāmen yìqǐ cóng chuánshàng xiàlái, zǒu dào ànshàng.

<u>英罗</u>激动地抱着他的父亲和母亲，他们一起

从船上下来，走到岸上。

Hulin and the Mad Goose

虎林和疯鹅

Hǔlín Hé Fēng É

Yǐqián, yǒu yígè niánqīng de nǚnú, míng zi jiào Hǔlín. Tā chūshēng zài yígè fēicháng qióng de jiālǐ. Tā de mǔqīn hé fùqīn méiyǒu hěnduō de qián lái mǎi chī de dōngxi, suǒyǐ dāng Hǔlín háishì hěn xiǎo de shíhòu, tāmen bǎ tā mài gěi le yígè míngzi jiào Hēixīn de núlì zhǔ. Núlì zhǔ bǎ Hǔlín guān zài hé shàng de yì tiáo jiù chuán shàng. Nàlǐ hái yǒu xǔduō qítā de xiǎo nǚ nú, tāmen dōu shì Hēixīn mǎi de.

Měitiān, Hēixīn ràng Hǔlín hé qítā nǚ háizǐ chūqù, dào jiē shàng yàoqián. Měitiān wǎnshàng, nǚ háizi men bìxū bǎ suǒyǒu de qián dōu gěi Hēixīn. Hǔlín fēicháng bù gāoxìng. Tā xiǎng zài wài wán. Yǒu de shíhòu, tā huì kàndào qítā háizi zuò dà fēngzhēng, ránhòu bǎ fēngzhēng fàng dào tiānshàng. Dànshì Hēixīn bú ràng tā wán. Rúguǒ Hēixīn kàndào tā zài wán, shènzhì shì xiū

女奴和疯鹅

以前，有一个年轻的女奴，名子叫<u>虎林</u>。她出生在一个非常穷的家里。她的母亲和父亲没有很多的钱来买吃的东西，所以当<u>虎林</u>还是很小的时候，他们把她卖给了一个名子叫<u>黑心</u>的奴隶主。奴隶主把<u>虎林</u>关在河上的一条旧船上。那里还有许多其他的小女奴，她们都是<u>黑心</u>买的。

每天，<u>黑心</u>让<u>虎林</u>和其他女孩子出去，到街上要钱。每天晚上，女孩子们必须把所有的钱都给<u>黑心</u>。<u>虎林</u>非常不高兴。她想在外玩。有的时候，她会看到其他孩子做大风筝[44]，然后把风筝放到天上。但是黑心不让她玩。如果<u>黑心</u>看到她在玩，甚至是休

---

[44] 风筝　　fēngzhēng – kite

xī, tā huì shānghài tā.

Yǒuyìtiān, Hǔlín juédìng táozǒu. Tā děngdào Hēixīn zài chuán wū de yǐzi shàng shuìzháo le. Ránhòu tā yòng zuì kuài de sùdù pǎo dào jiēdào shàng. Dànshì Hēixīn xǐng le, kànjiàn tā táozǒu. Tā gēnzhe tā, ná zhù le tā, bìngqiě yánzhòng de shānghài le tā, ràng tā yìtiān méiyǒu bànfǎ zǒulù. Tā tǎng zài jiēdào shàng de yì kē dà shù xià.

"A," tā xiǎng, "zhǐyào yǒurén néng bāngzhù wǒ! Zài wǒ yǐhòu de rìzi lǐ, wǒ huì shì yígè hǎo nǚhái."

Xiànzài, zài lí hé bù yuǎn de dìfāng, yígè hěn jiù de xiǎo wūzi lǐ, zhùzhe yí wèi lǎorén. Tā méiyǒu gǒu lái bǎohù tā de wūzi, dànshì tā yǒu yì zhī dà lǎo é jiào Kuáng. É zuò le gǒu de gōngzuò. Tā kànzhe mén, rúguǒ tā kànjiàn yǒurén lái dào wūzi fùjìn, tā huì jiào dé hěn dàshēng.

息，他会伤害她。

有一天，<u>虎林</u>决定逃走。她等到<u>黑心</u>在船屋的椅子上睡着了。然后她用最快的速度跑到街道上。但是<u>黑心</u>醒了，看见她逃走。他跟着她，拿住了她，并且严重地伤害了她，让她一天没有办法走路。她躺在街道上的一棵大树下。

"啊，"她想，"只要有人能帮助我！在我以后的日子里，我会是一个好女孩。"

现在，在离河不远的地方，一个很旧的小屋子里，住着一位老人。他没有狗来保护他的屋子，但是他有一只大老鹅[45]叫<u>狂</u>。鹅做了狗的工作。他看着门，如果他看见有人来到屋子附近，他会叫得很大声。

---

[45] 鹅　　　　é – goose

Hǔlín hé Kuáng shì hǎo péngyǒu. Nǚ háizi jīngcháng zhànxiàlái hé nà zhī é shuōhuà. Tā zhīdào Kuáng de zhǔrén shìgè lǎorén. É gàosùguò tā, lǎorén de wūzi lǐ cáng yǒu hěnduō qián. Chúle Hǔlín, nà zhī é méiyǒu yígè péngyǒu, suǒyǐ é hěn yuànyì gàosù Hǔlín guānyú lǎorén hé qián de quánbù shìqing.

Zài Hǔlín xiǎng yào táozǒu de nàtiān, Kuáng tīngdào yìxiē yǒuqù de shìqing. É è le, suǒyǐ zài tàiyáng hái méiyǒu chūlái de shíhòu, tā zǒu jìn le wūzi, kànkàn shì búshì hái yǒu zuótiān wǎnshàng chī shèng de wǎnfàn. Shuìjiào fángjiān de mén shì kāizhe de. Kuáng kàn le jìnqù, kànjiàn yígè niánqīng rén tǎng zài chuángshàng shuìzháo le! Ránhòu nàgè niánqīng rén cóng chuángshàng qǐlái. Tā mǎshàng biàn wéi yígè bái tóufǎ de lǎorén.

Kuáng hěn hàipà. Tā wàngjì le è, pǎo chū le wūzi. Tā bù míngbai tā kàndào de shìqing. Dànshì tā xiǎngdào le tā de péngyǒu Hǔlín, suǒyǐ tā juédìng gàosù Hǔlín tā kàndào de yíqiè. Hǔlín shì yígè fēicháng cōngmíng de nǚ háizi, yěxǔ tā kěyǐ duì tā shuōmíng qíngkuàng.

虎林和狂是好朋友。女孩子经常站下来和那只鹅说话。她知道狂的主人是个老人。鹅告诉过她，老人的屋子里藏有很多钱。除了虎林，那只鹅没有一个朋友，所以鹅很愿意告诉虎林关于老人和钱的全部事情。

在虎林想要逃走的那天，狂听到一些有趣的事情。鹅饿了，所以在太阳还没有出来的时候，他走进了屋子，看看是不是还有昨天晚上吃剩的晚饭。睡觉房间的门是开着的。狂看了进去，看见一个年轻人躺在床上睡着了！然后那个年轻人从床上起来。他马上变为一个白头发的老人。

狂很害怕。他忘记了饿，跑出了屋子。他不明白他看到的事情。但是他想到了他的朋友虎林，所以他决定告诉虎林他看到的一切。虎林是一个非常聪明的女孩子，也许她可以对他说明情况。

Yúshì Kuáng zǒuchū dàmén, zài chuán de fùjìn de jiēdào shàng zhǎodào Hǔlín. Tā kàndào nàgè nǚhái tǎng zài dìshàng. "Hǔlín," é shuō, "xǐng xǐng, wǒ yǒu shìqing yào gàosù nǐ."

"Wǒ méiyǒu shuìzháo," tā huídá. Kuáng kěyǐ kàndào tā zài liúlèi, zhīdào tā yìzhí zài kū.

"Fāshēng le shénme?" é wèn.

"Méiguānxì. Gàosù wǒ nǐ de gùshì ba." Kuáng kěyǐ kàn dào Hǔlín shòudào shānghài le, dànshì tā yě zhīdào tā bùxiǎng shuō zhè jiàn shì. Suǒyǐ, tā duì Hǔlín jiǎng le guānyú nàgè niánqīng rén zài tā de yǎnqián biàn wéi lǎorén de shìqing.

"Ó, zhè méishénme," Hǔlín shuō. "Kěnéng tā zhǐshì nàgè lǎorén de péngyǒu, zài tā de wū lǐ zhù yígè wǎnshàng."

"Búshì de, wǒ de zhǔrén méiyǒu péngyǒu. Érqiě, cóng zuótiān wǎnshàng kāishǐ, wǒ yìzhí dōu zài kànzhe dàmén. Méiyǒu rén

于是<u>狂</u>走出大门，在船的附近的街道上找到<u>虎林</u>。他看到那个女孩躺在地上。"<u>虎林</u>，"鹅说，"醒醒，我有事情要告诉你。"

"我没有睡着，"她回答。<u>狂</u>可以看到她在流泪，知道她一直在哭。

"发生了什么？"鹅问。

"没关系。告诉我你的故事吧。"<u>狂</u>可以看到<u>虎林</u>受到伤害了，但是他也知道她不想说这件事。所以，他对<u>虎林</u>讲了关于那个年轻人在他的眼前变为老人的事情。

"哦，这没什么，"<u>虎林</u>说。"可能他只是那个老人的朋友，在他的屋里住一个晚上。"

"不是的，我的主人没有朋友。而且，从昨天晚上开始，我一直都在看着大门。没有人

jìn chū.”

“Nà, nǐ de zhǔrén búshì yígè rén. Tā yídìng shì yígè dà wūshī.” Kuáng bù zhīdào wūshī shì shénme, suǒyǐ Hǔlín gàosù tā guānyú wūshī de yíqiè.

“Fēicháng hǎo!” Kuáng shuō. “Rúguǒ wǒ de zhǔrén zhēnde shì yígè wūshī, nà tā hěn lìhài, tā kěyǐ bāngzhù nǐ. Lái wǒjiā. Wǒmen yào hé wǒ de zhǔrén tántán. Tā kěyǐ bāngzhù nǐ jiějué nǐ de máfan.”

“Wǒ bù zhīdào,” tā shuō. “Wǒ fēicháng hàipà Hēixīn. Wǒ bùxiǎng zài bèi tā shānghài!”

“Búyòng dānxīn. Tā yǐjīng yánzhòng de shānghài le nǐ, suǒyǐ tā rènwéi zài duǎn shíjiān lǐ nǐ bú huì zàicì táozǒu.” Yúshì Hǔlín hé Kuáng yìqǐ zǒu le, dànshì, zài tāmen zǒulù de shíhòu, tā yìzhí wǎng hòumiàn kàn nà tiáo chuán, kànkàn Hēixīn shì bú

进出。"

"那，你的主人不是一个人。他一定是一个大巫师[46]。"狂不知道巫师是什么，所以虎林告诉他关于巫师的一切。

"非常好！"狂说。"如果我的主人真的是一个巫师，那他很厉害，他可以帮助你。来我家。我们要和我的主人谈谈。他可以帮助你解决你的麻烦。"

"我不知道，"她说。"我非常害怕黑心。我不想再被他伤害！"

"不用担心。他已经严重地伤害了你，所以他认为在短时间里你不会再次逃走。"于是虎林和狂一起走了，但是，在他们走路的时候，她一直往后面看那条船，看看黑心是不

---

[46] 巫师　　　wūshī – wizard

shì huì xǐng lái kànjiàn tā.

Bùjiǔ tāmen lái dào le lǎorén de jiā. Dàmén shì kāizhe de. Kuáng hé Hǔlín fēicháng ānjìng de jìn le wūzi. Shuìjiào fángjiān de mén shì kāizhe de. Wūzi lǐ méiyǒu rén.

"Ràng wǒmen kànkàn chuáng," Hǔlín shuō. "Yěxǔ zhè shì yì zhāng shénqí de chuáng." Dànshì tā kàn shàngqù jiùshì yì zhāng hěn yìbān de chuáng.

Tāmen kàn le shuìjiào fángjiān de zhōuwéi, xiǎng zhǎodào shénqí de dōngxi. Tūrán, tāmen tīng dào le dàmén guānshàng de shēngyīn. "A, bùhǎole!" é kū jiàozhe, "wǒ de zhǔrén huí jiā le! Tā huì kàndào wǒmen de!"

"Wǒ jīntiān yǐjīng shòudào shānghài le," Hǔlín huídá shuō, "wǒ bùnéng zài bèi dǎ le. Wǒmen duǒ qǐlái ba." Suǒyǐ, tāmen duǒ zài shuìjiào fángjiān de jiājù hòu

是会醒来看见她。

不久他们来到了老人的家。大门是开着的。<u>狂</u>和<u>虎林</u>非常安静地进了屋子。睡觉房间的门是开着的。屋子里没有人。

"让我们看看床，"<u>虎林</u>说。"也许这是一张神奇的床。"但是它看上去就是一张很一般的床。

他们看了睡觉房间的周围，想找到神奇的东西。突然，他们听到了大门关上的声音。"啊，不好了！"鹅哭叫着，"我的主人回家了！他会看到我们的！"

"我今天已经受到伤害了，"<u>虎</u>林回答说，"我不能再被打了。我们躲[47]起来吧。"所以，他们躲在睡觉房间的家具后

---

[47] 躲　　　duǒ – to hide

miàn. Tāmen děng le yòu děng, dànshì lǎorén méiyǒu jìn shuìjiào fángjiān. Tāmen tīngdào tā zài huāyuán lǐ gōngzuò. É hé nǚhái hěn hàipà, dōu bù gǎn líkāi, yīnwèi tāmen yǐwéi lǎorén huì kànjiàn tāmen, huì shānghài tāmen. Suǒyǐ tāmen jiù duǒ zài jiājù hòumiàn, yìzhí děngdào tiān hēi. Dàole wǎnshàng, tāmen liǎ dōu shuìzháo le.

Tāmen zài zǎoshàng de dì yī lǚ yángguāng lǐ xǐng lái. Tāmen liǎ dōu kàn xiàng chuáng. Nàlǐ tǎngzhe yígè niánqīng rén, tā zhèngzài shuìjiào. Tā de tóufǎ jiù xiàng wǎnshàng méiyǒu yuèliàng de tiān yīyàng hēi. Tā hǎoxiàng zài zuòmèng, yīnwèi tā de liǎn shàng guàzhe xiào. Hǔlín fēicháng chījīng, yúshì kū le qǐlái. Nàgè zài shuìjiào de niánqīng rén mǎshàng xǐng lái, kànzhe tā. Tā chījīng dé bùnéng shuōhuà. Rán'ér zhège niánqīng rén yě hěn chījīng. Zài nà yí kè, tāmen zhǐshì hùxiāng kànzhe.

Zuìhòu, niánqīng rén duì Kuáng shuō, "Fāshēng le shénme? Nǐ zěn

面。他们等了又等，但是老人没有进睡觉房间。他们听到他在花园里工作。鹅和女孩很害怕，都不敢离开，因为他们以为老人会看见他们，会伤害他们。所以他们就躲在家具后面，一直等到天黑。到了晚上，他们俩都睡着了。

他们在早上的第一缕[48]阳光里醒来。他们俩都看向床。那里躺着一个年轻人，他正在睡觉。他的头发就像晚上没有月亮的天一样黑。他好像在做梦，因为他的脸上挂着笑。虎林非常吃惊，于是哭了起来。那个在睡觉的年轻人马上醒来，看着她。她吃惊得不能说话。然而这个年轻人也很吃惊。在那一刻，他们只是互相看着。

最后，年轻人对狂说，"发生了什么？你怎

---

[48] 缕　　　　lǚ – (measure word)

me zài wǒ de shuìjiào fángjiān lǐ, zhège xiǎo nǚhái shì shuí?"

"Duìbùqǐ," é huídá, "dànshì wǒ yěyǒu yìxiē wèntí. Nǐ shì shuí, nǐ duì wǒ de zhǔrén zuò le shénme?"

"Wǒ shì nǐ de zhǔrén, nǐ zhè zhī bèn é," niánqīng rén shuō.

"Bù, wǒ de zhǔrén hěn lǎo, bái tóufǎ. Nǐ niánqīng, hēi tóufǎ."

"Shénme? Nǐ shì shuō wǒ hái niánqīng ma?"

"Dāngrán," é shuō, yǒudiǎn shēngqì. "Nǐ shuìjiào de shíhòu hěn niánqīng, xiànzài hái shì hěn niánqīng."

Niánqīng rén kànzhe Hǔlín, shuō, "Xiǎo nǚhái, nǐ kàn dào le shénme?"

Hǔlín duì nàgè niánqīng rén shuō, "Xiānshēng, nǐ shì yígè niánqīng rén. Rúguǒ wǒ kěyǐ zhème shuō, wǒ cónglái méiyǒu kànjiàn

么在我的睡觉房间里，这个小女孩是谁？"

"对不起，"鹅回答，"但是我也有一些问题。你是谁，你对我的主人做了什么？"

"我是你的主人，你这只笨鹅，"年轻人说。

"不，我的主人很老，白头发。你年轻，黑头发。"

"什么？你是说我还年轻吗？"

"当然，"鹅说，有点生气。"你睡觉的时候很年轻，现在还是很年轻。"

年轻人看着<u>虎林</u>，说，"小女孩，你看到了什么？"

<u>虎林</u>对那个年轻人说，"先生，你是一个年轻人。如果我可以这么说，我从来没有看见

93

guò yígè bǐ nǐ hái yào hǎokàn de niánqīng rén."

Nàgè niánqīng rén tiào xià chuáng, kū le, "Shìde, shìde, shìde! Wǒ de máfan jiějué le! Dànshì wǒ zhēnde bù míngbai zhè shì zěnme fāshēng de." Ránhòu tā zuò zài chuángshàng, bì shàng yǎnjīng, xiǎng le jǐ fēnzhōng. Ránhòu tā zhāng kāi tā de yǎnjīng, kànzhe Kuáng. "Nǐ shuō nǐ péngyǒu de míngzì shì shénme?"

"Hǔlín. Tā shì yígè nǔnú."

Niánqīng rén paīzhe shǒu, shuō, "A! Xiànzài wǒ míngbai le yíqiè." Ránhòu, kànzhe Hǔlín, tā shuō, "Xièxiè, wǒ de niánqīng péngyǒu. Tàihǎole! Xiànzài wǒ kěyǐ huí dào wǒ yǐqián de shēnghuó le."

Hǔlín shuō, "Wǒ bù míngbai. Wǒ zuò le shénme?"

Nàgè niánqīng rén shuō, "Ràng wǒ gàosù nǐ wǒ de gùshì. Wǒ fùqīn shì yígè fēicháng yǒu qián de rén. Tā gěi le wǒ xiǎng yào de yíqiè. Wǒ cónglái bú yòng gōngzuò. Wǒ xiāngxìn, zhǐyào wǒ xiǎng

过一个比你还要好看的年轻人。"

那个年轻人跳下床，哭了，"是的，是的，是的！我的麻烦解决了！但是我真的不明白这是怎么发生的。"然后他坐在床上，闭上眼睛，想了几分钟。然后他张开他的眼睛，看着狂。"你说你朋友的名字是什么？"

"虎林。她是一个女奴。"

年轻人拍着手，说，"啊！现在我明白了一切。"然后，看着虎林，他说，"谢谢，我的年轻朋友。太好了！现在我可以回到我以前的生活了。"

虎林说，"我不明白。我做了什么？"

那个年轻人说，"让我告诉你我的故事。我父亲是一个非常有钱的人。他给了我想要的一切。我从来不用工作。我相信，只要我想

yào, wǒ jiù néng yǒu tiānxià rènhé de dōngxi. Wǒ de lǎoshī bù xǐhuān wǒ zhèyàng, tā gàosù wǒ yíjù lǎohuà, 'Rén wèi cái sǐ, niǎo wèi shí wáng.' Tā gàosù wǒ, qián kěyǐ ràng yígè rén xìngfú, dànshì shén bǐ rén lìhài. Tā shuō, wǒ bìxū xiǎoxīn, búyào ràng shén shēngqì.

"Wǒ xiàohuà tā. 'Wǒ hěn yǒu qián,' wǒ duì tā shuō, 'wǒ kěyǐ mǎi rènhé dōngxi. Rúguǒ shén shēngqì, wǒ huì gěi tāmen qián, tāmen jiù huì líkāi.' Lǎoshī gàosù wǒ shuō, wǒ yīnggāi xiǎoxīn, búyào shuō, shènzhì búyào xiǎng zhèxiē shìqing. Dànshì, wǒ dāngrán bù tīng tā de huà.

"Yǒu yìtiān, wǒ hé lǎoshī zài fùqīn de huāyuán lǐ sànbù, wǒmen lái dào yì kǒu jǐng. Wǒ de lǎoshī gàosù wǒ, jǐng lǐ zhùzhe yígè shén, wǒ yào xiǎoxīn, búyào yuèguò jǐng, ràng shén shēngqì. Wǒ duì lǎoshī shuō, 'nín shuō zhè jǐng lǐ yǒu yígè shén, rúguǒ wǒ yuèguò tā, wǒ huì ràng zhè shén shēngqì. Wǒ gào

要，我就能有天下任何的东西。我的老师不喜欢我这样，他告诉我一句老话，'人为财死，鸟为食亡。'他告诉我，钱可以让一个人幸福，但是神比人厉害。他说，我必须小心，不要让神生气。

"我笑话他。'我很有钱，'我对他说，'我可以买任何东西。如果神生气，我会给他们钱，他们就会离开。'老师告诉我说，我应该小心，不要说，甚至不要想这些事情。但是，我当然不听他的话。

"有一天，我和老师在父亲的花园里散步，我们来到一口[49]井[50]。我的老师告诉我，井里住着一个神，我要小心，不要越过井，让神生气。我对老师说，'您说这井里有一个神，如果我越过它，我会让这神生气。我告

---

[49] 口　　　　kǒu – (measure word)
[50] 井　　　　jǐng – well

sù nǐ, wǒ bùguǎn. Zhè shén zhù zài wǒ fùqīn de huāyuán lǐ, tā bìxū ànzhào wǒ shuō de qù zuò!'

"Zài lǎoshī hái yào shuōhuà de shíhòu, wǒ tiào le guòqù. Dāng wǒ yí dào jǐng de lìngwài yìbiān de dìshàng, jiù gǎnjué dào hěn qíguài. Wǒ de shēntǐ kāishǐ biàn xiǎo. Wǒ kāishǐ gǎnjué dào fēicháng lèi. Wǒ de tóufǎ biàn wéi báisè, wǒ de pífū biàn wéi huángsè. Wǒ chéngwéi le yígè lǎorén!

"Wǒ de lǎoshī shuō, 'A, wǒ de háizi, wǒ gàosùguò nǐ yìbǎi cì, nǐ bù yīnggāi yuèguò nà kǒu jǐng, dànshì nǐ háishì zuò le. Xiànzài, jǐng lǐ de shén duì nǐ hěn shēngqì. Wǒ shízài méiyǒu bànfǎ bāngzhù nǐ le. Nǐ fùqīn yě bùnéng bāng nǐ.' Wǒ wèn tā shì búshì yǒu jiějué de bànfǎ, dànshì tā shuō, 'Bù, méiyǒu jiějué de bànfǎ.'

"Wǒ fùqīn fēicháng nánguò. Tā qù xǔduō zuò sìmiào shāoxiāng. Tā xiàng xǔduō bù yíyàng de shén qídǎo, dànshì méiyǒu jiějué de bànfǎ. Ránhòu wǒ de lǎoshī xiǎngqǐle zhù zài chéng lǐ de yígè

诉你，我不管。这神住在我父亲的花园里，
他必须按照我说的去做！'

"在老师还要说话的时候，我跳了过去。当
我一到井的另外一边的地上，就感觉到很奇
怪。我的身体开始变小。我开始感觉到非常
累。我的头发变为白色，我的皮肤变为黄
色。我成为了一个老人！

"我的老师说，'啊，我的孩子，我告诉过
你一百次，你不应该越过那口井，但是你还
是做了。现在，井里的神对你很生气。我实
在没有办法帮助你了。你父亲也不能帮
你。'我问他是不是有解决的办法，但是他
说'不，没有解决的办法。'

"我父亲非常难过。他去许多座寺庙烧香。
他向许多不一样的神祈祷，但是没有解决的
办法。然后我的老师想起了住在城里的一个

suànmìng xiānshēng. Wǒ de fùqīn qù kàn suànmìng xiānshēng, gàosù tā wǒ de gùshì. Suànmìng xiānshēng shuō, jǐng lǐ de shén ràng wǒ biàn wéi le yígè lǎorén. Měitiān wǎnshàng, dāng wǒ shuìzháo de shíhòu, wǒ huì biàn huí niánqīng rén de yàngzi. Dànshì, rúguǒ yǒurén zài wǒ shuìjiào de shíhòu kàn dào wǒ, wǒ huì mǎshàng biàn huí dào yígè lǎorén."

"Dànshì zhè búshì zhēnde," é shuō, "wǒ zuótiān kàn dào nǐ le. Wǒ kàndào yígè niánqīng rén, ér búshì yígè lǎorén."

"Ràng wǒ bǎ huà shuō wán," niánqīng rén shuō. "Suànmìng xiānshēng shuō, wǒ zhǐyǒu yì zhǒng fāngfǎ kěyǐ huí dào wǒ yǐqián de shēnghuó. Yì zhī fēng é bìxū dàizhe sēnlín lǐ de lǎohǔ lái zhèlǐ, ràng lǎohǔ tuōlí bèi núlì, wǒ fùqīn hé wǒ dōu tīngdào zhèxiē huà, dànshì wǒmen dōu tīngbùdǒng."

算命[51]先生。我的父亲去看算命先生，告诉他我的故事。算命先生说，井里的神让我变为了一个老人。每天晚上，当我睡着的时候，我会变回年轻人的样子。但是，如果有人在我睡觉的时候看到我，我会马上变回到一个老人。"

"但是这不是真的，"鹅说，"我昨天看到你了。我看到一个年轻人，而不是一个老人。"

"让我把话说完，"年轻人说。"算命先生说，我只有 种方法可以回到我以前的生活。一只疯[52]鹅必须带着森林里的老虎来这里，让老虎脱离被奴隶，我父亲和我都听到这些话，但是我们都听不懂。"

---

51 算命　　　　suànmìng – fortune teller
52 疯　　　　　fēng – mad

"Nàtiān wǎnshàng, wǒ líkāi le chéngshì, bān dào le zhège xiǎo cūnzhuāng. Wǒ mǎi le zhè dòng xiǎo wūzi, kāishǐ le wǒ de xīn shēnghuó. Wǒ yǒu hěnduō qián, dànshì wǒ méiyǒu péngyǒu, méiyǒu gōngzuò, yě méiyǒu xìngfú. Dànshì, yīnwèi suànmìng xiānshēng de huà, wǒ xiǎng yǒu gè fēng é shì gè hǎo zhǔyì."

"Dànshì wǒ búshì fēng é," é shēngqì de shuō. "Wǒ shì yì zhī hěn hǎo de é."

"Shìde, nǐ shì yì zhī hěn hǎo de é. Nǐ bù fēng, suǒyǐ wǒ gěi le nǐ yígè míngzì Kuáng, yìsi shì kuáng, zhège zì hé fēng shì xiāngtóng de yìsi."

"Ó, wǒ míngbai le," Hǔlín hé Kuáng yìqǐ shuō.

"Suǒyǐ, wǒ yǒu le fēng é. Dànshì wǒ bù míngbai, é zěnme néng ràng sēnlín lǐ de lǎohǔ tuōlí núlì, bǎ tā dài dào wǒ de fángjiān. Sēnlín lǐ de lǎohǔ zěnme kěnéng shì núlì, yòu

"那天晚上，我离开了城市，搬到了这个小村庄。我买了这栋小屋子，开始了我的新生活。我有很多钱，但是我没有朋友，没有工作，也没有幸福。但是，因为算命先生的话，我想有个疯鹅是个好主意。"

"但是我不是疯鹅，"鹅生气地说。"我是一只很好的鹅。"

"是的，你是一只很好的鹅。你不疯，所以我给了你一个名字狂，意思是狂[53]，这个字和疯是相同的意思。"

"哦，我明白了，"虎林和狂一起说。

"所以，我有了疯鹅。但是我不明白，鹅怎么能让森林里的老虎脱离奴隶，把她带到我的房间。森林里的老虎怎么可能是奴隶，又

____

[53] 狂　　　　kuáng – mad, crazy

103

zěnme huì jìn wǒ de fángjiān ne? Dànshì xiànzài wǒ míngbai le. Shì nǐ de míngzì. 'Hǔ' shì lǎohǔ de yìsi, 'lín' shì sēnlín de yìsi. Dāngrán, nǐ shì yígè nǚnú. Huòzhě shuō, nǐ yǐqián shì gè nǚnú."

Jiù zài Hǔlín xiǎng yào lǐjiě zhèxiē huà de shíhòu, qiánmén xiǎngqǐ hěn dà de qiāo mén shēngyīn. "A, bù hǎole!" Hǔlín kū jiàozhe, "Zhè shì wǒ de zhǔrén, Hēixīn!"

"Bié dānxīn," niánqīng rén shuō, "nǐ bāngzhù le wǒ, xiànzài wǒ huì bāngzhù nǐ. Wǒ huì gěi Hēixīn yìxiē qián, ràng tā fàng le nǐ. Rúguǒ tā bù tóngyì, nà wǒ huì gěi Hēixīn yígè xióngmāo yǎn!" Ránhòu nàgè niánqīng rén chūqù hé Hēixīn shuōhuà. Tāmen dōu tóngyì le fàng nǚ háizi de jiàgé. Ránhòu tā huí dào wūzi lǐ, duì Hǔlín shuō, "Nǐ xiànzài búyòng zài dānxīn Hēixīn le."

Hǔlín fēicháng gāoxìng, tā xiàng zhège niánqīng rén kòu le jiǔ cì

怎么会进我的房间呢？但是现在我明白了。是你的名字。'虎'是老虎的意思，'林'是森林的意思。当然，你是一个女奴。或者说，你以前是个女奴。"

就在虎林想要理解这些话的时候，前门响起很大的敲门声音。"啊，不好了！"虎林哭叫着，"这是我的主人，黑心！"

"别担心，"年轻人说，"你帮助了我，现在我会帮助你。我会给黑心一些钱，让他放了你。如果他不同意，那我会给黑心一个熊猫眼[54]！"然后那个年轻人出去和黑心说话。他们都同意了放女孩子的价格。然后他回到屋子里，对虎林说，"你现在不用再担心黑心了。"

虎林非常高兴，她向这个年轻人叩[55]了九次

<hr>

[54] Literally, a "panda eye"

[55] 叩　　　　　kòu – to kowtow

tóu. "Xièxiè nǐ, xièxiè nǐ, xièxiè nǐ!" tā shuō. "Wǒ zài
yě búyòng zài jiēdào shàng yào miànbāo le!"

"Shì de. Érqiě, dāng nǐ zhǎng dà yǐhòu, nǐ kěyǐ
chéngwéi wǒ de qīzi, nǐ yǒngyuǎn búyòng zài hàipà
rènhé rén le. Xiànzài, ràng wǒmen qù wǒ fù qìng jiā,
gàosù tā zhège hǎo xiāoxī." Dì èr tiān, niánqīng rén,
nǚhái hé é qù gěi tā de fùqīn sòng qù le hǎo xiāoxī.

头。"谢谢你，谢谢你，谢谢你！"她说。"我再也不用在街道上要面包了！"

"是的。而且，当你长大以后，你可以成为我的妻子，你永远不用再害怕任何人了。现在，让我们去我父亲家，告诉他这个好消息。"第二天，年轻人，女孩和鹅去给他的父亲送去了好消息。

The Two Magicians
两位魔术师

Liǎng Wèi Móshù Shī

Zhè shì yígè měilì chūnrì, zài Wúxī lǎo chéng pángbiān de Yángshān zhèn lǐ, jǐ bǎi gèrén zài guǎngchǎng shàng. Tāmen zài chīfàn, hē chá, chōuyān, hé péngyǒu liáotiān. Méiyǒu rén kàndào liǎng gè rén jìn le guǎngchǎng. Zhè liǎng gè rén kànlái shì fùqīn hé érzi. Nàgè lǎorén wǔshí huò liùshí suì, bái húzi, cháng tóufǎ. Nàgè niánqīng rén dàyuē èrshíwǔ suì, méiyǒu húzi, hēi tóufǎ. Nàgè niánqīng rén názhe yígè xiǎo mùtou hézi.

Liǎng gè rén mànman zǒuguò guǎngchǎng, kànkàn zhèlǐ, kànkàn nàlǐ, yīdiǎn yě bù zháojí. Jǐ gè xiǎoshí hòu, tāmen lái dào le gōngjué de gōngdiàn. Tāmen zhàn zài yìqǐ, ānjìng de shuōhuà. Yígè rén kànjiàn le tāmen, duì nàgè lǎorén shuō, "Duìbùqǐ, lǎo yéyé. Wǒ yǐqián méiyǒu kànjiànguò nǐ

两位魔术师

这是一个美丽春日，在<u>无锡</u>老城旁边的<u>阳山</u>镇[56]里，几百个人在广场[57]上。他们在吃饭，喝茶，抽烟，和朋友聊天。没有人看到两个人进了广场。这两个人看来是父亲和儿子。那个老人五十或六十岁，花白胡子[58]，长头发。那个年轻人大约二十五岁，没有胡子，黑头发。那个年轻人**拿**着一个小木头[59]盒子。

两个人慢慢走过广场，看看这里，看看那里，一点也不着急。几个小时后，他们来到了公爵[60]的宫殿[61]。他们站在一起，安静地说话。一个人看见了他们，对那个老人说，"对不起，老爷爷。我以前没有看见过你

---

56 镇　　　　zhèn – village
57 广场　　　guǎngchǎng – a public square
58 胡子　　　húzi – beard, moustache
59 木头　　　mùtou – wood, wooden
60 公爵　　　gōngjué – duke
61 宫殿　　　gōngdiàn – palace

men, qǐng yuánliàng wǒ zhème shuō, dànshì nǐmen liǎng gè kànqǐlái yīnggāi búshì zhù zài zhèlǐ de. Nín néng gàosù wǒ nǐmen shì shuí, wèishénme jīntiān zài zhèlǐ?"

"A, wǒ de péngyǒu, xièxiè nǐ hé wǒmen shuōhuà!" lǎorén shuō. "Wǒ hé wǒ érzi cóng hěn yuǎn de dìfāng, láidào nǐmen měilì de xiǎo zhèn." Tā xiàozhe bǎshǒu fàng zài hézi shàng. "Wǒmen shì móshù shī, wǒmen fēicháng yōuxiù. Wǒmen kěyǐ zuò hěnduō shìqing lái yúlè zhège xiǎo zhèn shàng de rénmen."

"Hǎode," nà rén shuō, bìngqiě líkāi le. Tā gàosù le tā de péngyǒu, tā de péngyǒu gàosù le tāmen de péngyǒu. Bùjiǔ, guǎngchǎng shàng de suǒyǒu rén dōu zài jiǎng nà liǎng wèi dà móshù shī, láidào tāmen de xiǎo zhèn, yòng móshù gěi tāmen dài lái yúlè.

Zhège shíhòu, gōngjué zài tā de gōngdiàn lǐ. Tā gāngcái hé jǐ wèi kèrén yìqǐ chī wán zhōngwǔ fàn, tā xiǎng gěi tā de kèrén dài

们，请原谅我这么说，但是你们两个看起来
应该不是住在这里的。您能告诉我你们是
谁，为什么今天在这里？"

"啊，我的朋友，谢谢你和我们说话！"老
人说。"我和我儿子从很远的地方，来到你
们美丽的小镇。"他笑着把手放在盒子上。
"我们是魔术师，我们非常优秀。我们可以
做很多事情来娱乐[62]这个小镇上的人们。"

"好的，"那人说，并且离开了。他告诉了
他的朋友，他的朋友告诉了他们的朋友。不
久，广场上的所有人都在讲那两位大魔术
师，来到他们的小镇，用魔术给他们带来娱
乐。

这个时候，公爵在他的宫殿里。他刚才和几
位客人一起吃完中午饭，他想给他的客人带

---

⁶² 娱乐　　　　yúlè – to entertain

lái yìxiē yúlè. Jiù zài zhège shíhòu, yígè púrén jìnlái, xiàng gōngjué jièshào le nà liǎng wèi móshù shī.

"Hěn hǎo!" gōngjué shuō, "wèn tāmen kěyǐ zuò xiē shénme. Rúguǒ tāmen zhēnde kěyǐ gěi wǒmen dàilái yúlè, wǒ huì gěi tāmen hěnduō qián de."

Púrén zǒu chūqù, duì lǎo móshù shī shuō, "Wǒ de zhǔrén, gōngjué, xiǎng zhīdào nǐmen néng zuò xiē shénme. Rúguǒ nǐmen zhēnde shì hěn lìhài de móshù shī, nà jiù kěyǐ yúlè gōngjué hé tā de kèrén."

Lǎo móshù shī duì púrén shuō, "Gàosù nǐ de zhǔrén, tā huì duì wǒmen de gōngzuò fēicháng mǎnyì de. Wǒmen cóng hěn yuǎn de dìfāng lái. Wǒmen cóng yǒu mèng de dìfāng lái. Wǒmen kěyǐ bǎ shítou biàn wéi gāoshān, wǒmen kěyǐ bǎ yìbēi shuǐ biàn wéi yìtiáo dàhé, wǒmen kěyǐ bǎ lǎoshǔ biàn wéi mǎ. Zài wǒmen zhèlǐ, méiyǒu tài nán de móshù."

来一些娱乐。就在这个时候，一个仆[63]人进来，向公爵介绍了那两位魔术师。"很好！"公爵说，"问他们可以做些什么。如果他们真的可以给我们带来娱乐，我会给他们很多钱的。"

仆人走出去，对老魔术师说，"我的主人，公爵，想知道你们能做些什么。如果你们真的是很厉害的魔术师，那就可以娱乐公爵和他的客人。"

老魔术师对仆人说，"告诉你的主人，他会对我们的工作非常满意的。我们从很远的地方来。我们从有梦的地方来。我们可以把石头变为高山，我们可以把一杯水变为一条大河，我们可以把老鼠变为马。在我们这里，没有太难的魔术。"

---

[63] 仆　　　pū – servant

Púrén bǎ zhè shìqing gàosù le gōngjué. Gōngjué tīng dào zhège xiāoxi yǐhòu hěn gāoxìng, yúshì tā gàosù tā de púrén zài guǎngchǎng shàng zhǔnbèi yígè dìfāng, gěi tā hé tā de kèrénmen kàn móshù shī de biǎoyǎn. Tā gàosù púrén zài zhǔnbèi yígè gèng dà de dìfāng, ràng xiǎo zhèn de rénmen yě kěyǐ kàn móshù shī de biǎoyǎn.

Liǎng wèi móshù shī cóng yìxiē jiǎndān de móshù kāishǐ. Dànshì gōngjué shēngqì le. Tā duì tāmen shuō, "Zhè shì shénme? Rènhé móshù shī dōu kěyǐ zuò zhèxiē shìqing. Nǐ shuōguò nǐ kěyǐ bǎ shítou biàn wéi shān, bǎ shuǐ biàn wéi hé, bǎ lǎoshǔ biàn wéi mǎ. Nǐ shuō nǐ cóng yǒu mèng de dìfāng lái. Gěi wǒmen biǎoyǎn yìxiē xīn de dōngxi!"

Lǎo móshù shī xiàozhe huídá, "Dà gōngjué, wǒmen hěn yuànyì wèi nín zuò rènhé nǐ yāoqiú de shìqing. Wǒmen wèi Xītiān de shén biǎoyǎn móshù, wǒmen yě kěyǐ wèi nín biǎoyǎn xiāngtóng de móshù."

仆人把这事情告诉了公爵。公爵听到这个消息以后很高兴，于是他告诉他的仆人在广场上准备一个地方，给他和他的客人们看魔术师的表演。他告诉仆人再准备一个更大的地方，让小镇的人们也可以看魔术师的表演。

两位魔术师从一些简单的魔术开始。但是公爵生气了。他对他们说，"这是什么？任何魔术师都可以做这些事情。你说过你可以把石头变为山，把水变为河，把老鼠变为马。你说你从有梦的地方来。给我们表演一些新的东西！"

老魔术师笑着回答，"大公爵，我们很愿意为您做任何你要求的事情。我们为西天的神表演魔术，我们也可以为您表演相同的魔术。"

Kèrén tīng le dà xiào. Yǒurén shuō, "Suǒyǐ, zhèxiē rén cóng Xītiān yílù lái dào wǒmen de xiǎo zhèn. Dànshì tāmen zhǐ geǐ wǒmen biǎoyǎn le yìxiē xiǎo móshù. Wǒmen yào ràng tāmen zuò xiē shénme ne?" Kèrénmen hùxiāng tán le yīhuǐ'er. Ránhòu qízhōng yígè dà jiào, "Wǒ zhīdào! Wǒmen de wǔfàn fēicháng hǎo, dànshì méiyǒu shuǐguǒ, yīnwèi zhè búshì shuǐguǒ de jìjié. Wǒmen ràng zhèxiē móshù shī wèi wǒmen dài lái yìxiē shuǐguǒ. Wǒ xiǎng wǒmen zhǐ xūyào yígè hǎo de táozi. Nǐ, lǎorén, gěi wǒmen dài gè táozi lái, kuài yìdiǎn!"

Lǎo móshù shī shuō, "Shénme, yígè táozi? Dànshì zhè búshì táozi de jìjié."

Kèrénmen kāishǐ dà xiào, qízhōng yìxiē rén duì móshù shī shuō le bù lǐmào de huà.

"Kěshì fùqīn," niánqīng de móshù shī shuō, "nín shuōguò, nín huì ànzhào tāmen de yāoqiú, biǎoyǎn rènhé móshù.

客人听了大笑。有人说，"所以，这些人从西天一路来到我们的小镇。但是他们只给我们表演了一些小魔术。我们要让他们做些什么呢？"客人们互相谈了一会儿。然后其中一个大叫，"我知道！我们的午饭非常好，但是没有水果，因为这不是水果的季节。我们让这些魔术师为我们带来一些水果。我想我们只需要一个好的桃子[64]。你，老人，给我们带个桃子来，快一点！"

老魔术师说，"什么，一个桃子？但是这不是桃子的季节。"

客人们开始大笑，其中一些人对魔术师说了不礼貌的话。

"可是父亲，"年轻的魔术师说，"您说过，您会按照他们的要求，表演任何魔术。

---

[64] 桃子　　　táozi – peach

Tāmen yào táozi, nín zěnme néng bù gěi tāmen táozi ní?"

"Ó, hěn hǎo," lǎo móshù shī shuō. Tā zhuǎnxiàng rénmen shuō, "Rúguǒ nǐmen xiǎng yào yígè táozi, wǒ huì gěi nǐmen yígè táozi. Dànshì zhèlǐ méiyǒu táozi. Wǒ bìxū sòng wǒ de érzi dào Xītiān de huāyuán qù ná nǐmen yào de táozi."

Dāng tā zhème shuō de shíhòu, kèrénmen de xiào shēng bǐ yǐqián gèng xiǎng. Lǎo móshù shī dǎkāi hézi, ná chū yì gēn jīn xiàn. Tā lā zhù xiàn de yìtóu, tūrán guā qǐ dàfēng, xiàn de yìtóu fēi le qǐlái. Fēng bǎ xiàn dài dào hěn gāo de tiānshàng, yìzhí dào rénmen zài yě kàn bújiàn nàgè xiàntóu.

"Tài hǎo le," rénmen jiàozhe, "zhège rén shì yígè zhēnzhèng de wūshī!"

Lǎo móshù shī bǎ xiàn de lìngwài yìtóu bǎng zài yì kē dà shù shàng. Ránhòu tā shuō, "Yíqiè dōu zhǔnbèi hǎo le. Shì líkāi

他们要桃子，您怎么能不给他们桃子呢？"

"哦，很好，"老魔术师说。他转向人们说，"如果你们想要一个桃子，我会给你们一个桃子。但是这里没有桃子。我必须送我的儿子到<u>西天</u>的花园去拿你们要的桃子。"

当他这么说的时候，客人们的笑声比以前更响。老魔术师打开盒子，拿出一根金线[65]。他拉住线的一头，突然刮起大风，线的一头飞了起来。风把线带到很高的天上，一直到人们再也看不见那个线头。

"太好了，"人们叫着，"这个人是一个真正的巫师！"

老魔术师把线的另外一头绑[66]在一棵大树上。然后他说，"一切都准备好了。是离开

---

65 线　　　　xiàn – thread, line
66 绑　　　　bǎng – to tie

de shíhòu le."

"Shénme?" gōngjué wèn. "Nǐ bùnéng líkāi. Nǐ shuōguò yào gěi wǒmen dài lái yígè táozi!"

"Wǒ dāngrán bú huì líkāi," lǎo móshù shī huídá. "Wǒ tài lǎo le, bùnéng zuò zhège gōngzuò le. Wǒ érzi huì zuò. Tā huì jìn Xītiān de huāyuán, ná dào táozi." Tā kànzhe tā de érzi. Nàgè niánqīng rén tiào dào xiàn shàng, gēnzhe xiàn wǎng shàng pǎo, hǎoxiàng tā zhèngzài yìtiáo xiǎo lùshàng pǎo. Tā pǎo dé yuè lái yuè gāo, yìzhí dào méiyǒu rén néng zài kànjiàn tā.

Xiànzài gōngjué zhīdào zhè liǎng gè rén bùjǐn shì móshù shī, érqiě háishì dà wūshī. Tā ānjìng de zuòzhe, děngzhe. Tā de kèrénmen yě ānjìng de zuòzhe. Guǎngchǎng shàng de suǒyǒu rén dōu ānjìng de děngzhe. Méiyǒu rén shuōhuà.

Tāmen děng le hěnjiǔ. Ránhòu lǎo móshù shī táitóu shuō, "A. Tā xiànzài lái le. Nǐmen hěn kuài jiù huì dédào nǐmen de táozi." Tā zhāng kāi tā de shǒu. Yì xiǎo lǚ huáng guāng chūxiàn

的时候了。"

"什么？"公爵问。"你不能离开。你说过要给我们带来一个桃子！"

"我当然不会离开，"老魔术师回答。"我太老了，不能做这个工作了。我儿子会做。他会进<u>西天</u>的花园，拿到桃子。"他看着他的儿子。那个年轻人跳到线上，跟着线往上跑，好像他正在一条小路上跑。他跑得越来越高，一直到没有人能再看见他。

现在公爵知道这两个人不仅是魔术师，而且还是大巫师。他安静地坐着，等着。他的客人们也安静地坐着。广场上的所有人都安静地等着。没有人说话。

他们等了很久。然后老魔术师抬头说，"啊。他现在来了。你们很快就会得到你们的桃子。"他张开他的手。一小缕黄光出现

zài tiānshàng, yuè lái yuè dà, ránhòu biàn wéi dàhuáng táo, diào zài móshù shī de shǒu lǐ. "Táozi zài zhèlǐ," móshù shī shuō, tā bǎ táozi gěi le gōngjué, shuō, "Zhè shì yígè shuǐ mì táo, zhíjiē cóng shén de huāyuán lǐ ná lái de."

Gōngjué yòng dāo bà táozi fēn wéi xiǎo kuài, fēn gěi měi wèi kèrén. Tāmen dōu xǐhuān zhè zhǒng wèidào, dōu shuō zhè shì tāmen chīguò de zuì hǎo de táozi. Dànshì lǎo móshù shī kàn qǐlái hěn bù gāoxìng. Tā yìzhí kànzhe tiānshàng. Tā érzi zài nǎ'er? Guǎngchǎng shàng de rénmen yě táitóu kànzhe tiān, dànshì méi rén néng kànjiàn nàgè niánqīng rén.

"A, wǒ de érzi, wǒ de érzi," lǎo móshù shī kū jiàozhe, "wǒ wèishénme yào bǎ nǐ sòng dào Xītiān? Xiànzài nǐ sǐ le. Wǒ lǎo le, shuí lái zhàogù wǒ? Wǒ sǐ le yǐhòu, shuí lái zhàogù wǒ de fénmù?"

在天上，越来越大，然后变为大黄桃，掉在魔术师的手里。"桃子在这里，"魔术师说，他把桃子给了公爵，说，"这是一个水蜜[67]桃，直接从神的花园里拿来的。"

公爵用刀把桃子分为小块，分给每位客人。他们都喜欢这种味道，都说这是他们吃过的最好的桃子。但是老魔术师看起来很不高兴。他一直看着天上。他儿子在哪儿？广场上的人们也抬头看着天，但是没人能看见那个年轻人。

"啊，我的儿了，我的儿子，"老魔术师哭叫着，"我为什么要把你送到西天？现在你死了。我老了，谁来照顾我？我死了以后，谁来照顾我的坟墓[68]？"

---

[67] 蜜 mì – honey
[68] 坟墓 fénmù – grave

Ránhòu, jīn xiàn cóng tiānshàng diào le xiàlái, duī chéng le yì duī.

"A, xiànzài wǒ míngbai le," tā shuō. "Wǒ de érzi zài Xītiān de huāyuán lǐ, ná táozi. Shén kànjiàn tā, zhuā zhù le tā. Wǒ zài yě kàn bú dào tā le!"

"Bié dānxīn," gōngjué shuō. "Wǒ xiāngxìn tā huì huílái de."

"Shì de, dànshì tā zěnme huílái ne?" Gōngjué bù míngbai zhè yìdiǎn. Dànshì zhège shíhòu, dāng lǎo móshù shī tái qǐ tóu, yì zhī shǒubì cóng tiānshàng fēi xiàlái. Diào zài dìshàng. Ránhòu lìngwài yì zhī shǒubì diào le xiàlái. Ránhòu shì yìtiáo tuǐ, ránhòu shì lìngwài yìtiáo tuǐ, ránhòu shì tóu, zuìhòu shì shēntǐ. Zhèxiē quánbù dōu diào zài dìshàng.

Lǎorén mànman de bǎ zhèxiē diào xiàlái de shēntǐ yí jiàn yí jiàn ná qǐlái, fàng jìn mù hé lǐ.

"Lái ba," gōngjué shuō, "ràng wǒmen gěi zhè wèi lǎorén qián

然后，金线从天上掉了下来，堆成了一堆。

"啊，现在我明白了，"他说。"我的儿子在<u>西天</u>的花园里，拿桃子。神看见他，抓住了他。我再也看不到他了！"

"别担心，"公爵说。"我相信他会回来的。"

"是的，但是他怎么回来呢？"公爵不明白这一点。但是这个时候，当老魔术师抬起头，一只手臂从天上飞下来。掉在地上。然后另外一只手臂掉了下来。然后是一条腿，然后是另外一条腿，然后是头，最后是身体。这些全部都掉在地上。

老人慢慢地把这些掉下来的身体一件一件拿起来。放进木盒里。

"来吧，"公爵说，"让我们给这位老人钱

qù mǎi tā érzi de fénmù." Tā zài lǎo móshù shī de jiǎo qián rēng le yìxiē qián. Qítā kèrén yě rēng le qián. Lǎo móshù shī mànman de bǎ suǒyǒu de qián fàng jìn yígè hēi yánsè de dà bāo lǐ.

Ránhòu kàn dào tā gāo xīn de xiào le. Tā dǎkāi hézi, shuō, "Lái ba, wǒ de érzi, rénmen zhèngzài děng nǐ gǎnxiè tāmen!" Ránhòu niánqīng rén tiàochū hézi, xiàng gōngjué, gōngjué de kèrén hé guǎngchǎng shàng de rénmen jūgōng.

Gōngjué xiàozhe pāishǒu, shuō, "Gǎnxiè shén bǎ zhè liǎng wèi wūshī sòng dào wǒmen de chéngshì!" Ránhòu tā gǎnxiè liǎng wèi móshù shī, bìngqiě xiàng tāmen jūgōng. Liǎng wèi móshù shī xiàng gōngjué jūgōng. Ránhòu tāmen liǎ dōu tiào jìn le mùtou hézi lǐ. Hézi de gài zǐ guānshàng. Ránhòu hé zǐ fēi shàng tiān, bùjiàn le.

Gōngjué kànzhe hézi, yīzhí dào kànbújiàn tā. Ránhòu tā ná qǐ fàng zài gōngjué zhuōzi shàng de táozǐ hé, shuō, "Dāngrán, xiànzài wǒmen zhīdào zhèxiē rén shì dà wūshī, wǒmen zhī

去买他儿子的坟墓。"他在老魔术师的脚前扔了一些钱。其他客人也扔了钱。老魔术师慢慢地把所有的钱放进一个黑颜色的大包里。

然后看到他高心地笑了。他打开盒子，说，"来吧，我的儿子，人们正在等你感谢他们！"然后年轻人跳出盒子，向公爵，公爵的客人和广场上的人们鞠躬。

公爵笑着拍手，说，"感谢神把这两位巫师送到我们的城市！"然后他感谢两位魔术师，并且向他们鞠躬。两位魔术师向公爵鞠躬。然后他们俩都跳进了木头盒子里。盒子的盖子关上。然后盒子飞上天，不见了。

公爵看着盒子，一直到看不见它。然后他拿起放在公爵桌子上的桃子核[69]，说，"当然，现在我们知道这些人是大巫师，我们知

---

[69] 核　　　hé – pit or stone

dào zhè shì yígè shénqí de táozi. Ràng wǒmen bǎ zhège táo hé zhòng shàng, yěxǔ wǒmen huì yǒu yì kē shénqí de táo shù." Tāmen zài gōngdiàn de huāyuán lǐ zhòng xià le táo hé. Dì èr nián yǒu le yì kē xiǎo táo shù, sì nián hòu, táo shù kāishǐ zhǎng chū shuǐ mì táo. Zhèxiē búshì shénqí de táozi, dànshì tāmen hěn dà, hěn piàoliang, wèidào hěn hǎo. Bùjiǔ, Yángshān yǒu le yí wàn kē táo shù, bìngqiě yīnwèi zhǎng chū shìjiè shàng zuì hǎo de táozi ér zhùmíng.

道这是一个神奇的桃子。让我们把这个桃核种上，也许我们会有一棵神奇的桃树。"他们在宫殿的花园里种下了桃核。第二年有了一棵小桃树，四年后，桃树开始长出水蜜桃。这些不是神奇的桃子，但是它们很大，很漂亮，味道很好。不久，阳山有了一万棵桃树，并且因为长出世界上最好的桃子而著名。

The Golden Beetle

Many years ago, in a small village in China, an old woman and her son lived together in a small one room house with a dog and a cat. The woman's husband had died several years ago, and the family had no money. It was wintertime, it was very cold, and the family had no food.

"What will we eat today?" asked the old woman, whose surname was Wang.

"Don't worry," smiled Mingli, her son. "I will go out today and find work. Then I will come back with a few pennies. You can use the money to buy some rice and we will eat." But Mingli did not know where to find work. He was not feeling well, because recently the cold and hunger had made him very sick. He was no longer sick, but he was feeling weak. Still, he went out to look for work.

After her son had gone, Mrs. Wang said to the dog and cat, "My son has a good heart. No mother ever had a better son. I hope the gods give us food, though. I am so hungry! My belly is like a rich man's head, nothing is in it! Even the rats have left our home to go looking for food in other peoples' homes."

The dog was named Blackfoot and the cat was named Whitehead. The two of them just lay on the floor and looked at her. They were too weak from hunger to do anything.

Just then, Mrs. Wang heard a loud knocking on her front door. "Come in," she called. The door opened. She saw an old monk standing there. "Sorry, we have nothing," she said, thinking that the monk was begging for food. "For two weeks we have had nothing to eat except scraps, but now we have no scraps. We can only remember the good old days, when my husband was here and we had good food to eat. In those days, our cat was so fat that she could not get up on the roof, and our dog would just sleep all the time with a full belly. Now you can hardly see the animals, they are so thin. We have nothing for you."

"I am not asking for food," said the old monk. "I want to help you. For many years your son has asked the gods for help, and the gods have listened to him. The gods know how your son has helped you every day, even though he was sick. Now the gods see that your son is weak and cannot work. So they have decided to help both of you."

Mrs. Wang heard him but she did not believe him. "What are you saying? Did you come here to laugh at our troubles?"

"No, I am here to help you. Here is a small golden beetle. It is more powerful than anything in your dreams. It has very, very powerful magic. This is a gift, given to you by the gods in heaven."

Mrs. Wang looked at the golden beetle. "Thank you," she said. "I will sell this and get a little money. I will use that to buy some rice, and maybe we can live for another week or two."

"No, you do not understand," said the old monk. "Do not sell this. This golden beetle can fill your belly as long as you live. Listen carefully to my words. If you are hungry, just put this beetle into a pot of boiling water. Think of the food you want, and say the name of that food again and again, for three minutes. Then look inside the pot. You will find the food that you wanted."

Mrs. Wang thought that the monk had lost his mind. But she said, "May I try it now?"

"Wait until I leave. Then you can try it."

The Mrs. Wang waited until the monk left. Then she started a fire, boiled a pot of water, and dropped the golden beetle into the pot. She said again and again,

> Dumplings, dumplings, come to me,
> I am thin as I can be.
> Dumplings, dumplings, very hot.
> Dumplings, dumplings, fill this pot!

She was so hungry and tired, she just stared at the pot and said the words again and again as if she was in a dream. After three minutes she looked inside the pot. There, dancing up and down in the boiling water, were twenty pork dumplings. Each one was large and fat and looked delicious. She ate and ate until her belly was so full she couldn't eat any more. Then she picked up the last half-dozen dumplings with her chopsticks and tossed three to the dog and three to the cat. The animals ate the dumplings immediately. Then, with their bellies full at last, they closed their eyes and went to sleep.

In the afternoon Mingli returned home. He looked very unhappy, and his mother could see that he hadn't found any work. "Don't worry, my son!" she said to him, "The gods have been good to us. Let me show you!" Then she dropped the golden beetle into another pot of boiling water.

Mingli just looked at her. Had she lost her mind because of hunger and cold? What could he do to help her? Maybe he could sell his coat for a few pennies, he thought. But if he did that, he would quickly die from the cold.

The dog came to him and sat on his feet. The cat jumped onto a table and purred. Soon his mother called out, "Sit down, my son, and eat these delicious dumplings!" Mingli looked, and there on the table was a large plate of hot dumplings. He didn't say a word. He just picked up his chopsticks and began to eat the dumplings. He ate one, then another, then another. He kept eating until his belly was full and he could not eat any more.

He sat in his chair quietly sipping a cup of tea. Then he said to his mother, "Mother, those were the best dumplings I have ever eaten. Where did you get them? What did you sell to buy them?"

Then his mother told him about the old monk and the golden beetle. She showed him the golden beetle. "Now we have no more troubles. We can eat all the food that we want!"

And so, for many months they had every kind of food that they could imagine. Three times every day they put the golden beetle in the pot, said the name of a food, and three minutes later, they could eat that food. There was too much food for them, so they put the leftover food on two plates and gave it to the dog and cat. All four of them became fat and happy, and a little bit lazy.

But of course, these good times did not last forever. The mother and son became proud of their good luck. They began inviting friends and neighbors to come to their house for dinner to eat their delicious food. They did not say where the food came from. They only said that it was a special secret.

One day, visitors came from another village, Mr. and Mrs. Chu. They had heard of the wonderful food in Mrs. Wang's house and wanted to try it. Mrs. Wang prepared delicious dumplings for Mr. and Mrs. Chu. But Mrs. Chu looked closely and saw Mrs. Wang take the golden beetle out of the pot and put it in a small box. She also heard Mrs. Wang saying strange words about dumplings as she cooked the food.

Later, when Mr. and Mrs. Chu returned to their own house, Mr. Chu said, "Well, those were the best dumplings I ever ate. But how can a poor woman like Mrs. Wang buy that good food?"

Mrs. Chu replied, "I know. I heard Mrs. Wang saying some magic words when she was cooking the dumplings. And at the end, I saw her take something out of the pot and hide it in a box. I think it's a magic charm."

"Magic charm, eh? Tell me, why do good things happen to other people, while bad things happen to us? Maybe we could just borrow the charm for a few days. We won't steal it of course. But we can use it for a week or two, then return it."

"How will you do this? Their house is small. They will see you. You know the saying, 'it's harder to steal from a beggar than from a king.' "

"We will wait until they are out of the house, then we will find the magic charm. It should be easy. And Mrs. Wang told me that she is going to the temple tomorrow. When she is out of the house, we will go and borrow the charm."

The next day Mrs. Chu went to Mrs. Wang's house. She knocked on the door but nobody came to the door. She went inside the house, quickly found the box, looked inside, saw the golden beetle, and picked it up. The dog was sleeping and did not see anything. The cat saw Mrs. Chu but just looked at her. Mrs. Chu put the golden beetle in her coat and returned to her own home.

Mrs. Wang returned from the temple and decided she wanted to make a delicious dinner of egg drop soup. She went to the little box, but of course the beetle was not there. Ten times she walked away, came back, and looked in the box, but the beetle was not there. She told her son, and the two of them looked everywhere in the house but could not find the beetle.

Then came days of terrible hunger for the woman, her son, and of course the dog and cat. They were hungry again. They all lost weight. And they all became sick from hunger and cold. Every day the animals had to go out and look for scraps to eat. But then one day, as they were walking down the street looking for scraps, the cat suddenly jumped up in the air.

"What's wrong with you?" growled the dog.

"Do you remember that every time that our master cooked a meal, she took a small golden beetle out of a box and put it in the pot? One time she held the beetle in her hand in front of me, and said 'Look, Whitehead this is the reason for our happiness.' Then she put the beetle back in the box."

"Why didn't you tell me this earlier?"

"It was not important then, but it is important now. The day after Mr. and Mrs. Chu had dinner with us, Mrs. Chu came back to our house, alone. I saw her take the beetle. And now, I think that she and her husband are eating delicious meals, while we go hungry!"

"I will bite them both in the leg."

"No, that will not help. Dogs and cats cannot bite people because of this, we must leave this matter to our owners. Our job is to get the golden beetle back."

"Good idea. But I can't do that. I cannot climb walls to get into the Chu house. That's a job for a cat."

"Yes. But you can help me get there. The Chu house is on the other side of a river. We need to get across the river but I cannot swim. I must ride on your back while you swim across the river."

That night, Blackfoot the dog and Whitehead the cat left their home to go to the Chu house. They easily crossed the river with Whitehead riding on top of Blackfoot. They arrived at the Chu house when the moon was high in the night sky. Whitehead jumped up to the top of the wall, then jumped down to the courtyard.

Just then, Whitehead saw a rat. She grabbed the rat and was about to eat it, when the rat spoke to her. It said, "Please, great white cat, do not eat me!"

"Why not?" asked the cat.

"The people and animals of this house are poor, but we are all students of Confucius. We believe in his words. If you let me go, I will do anything you ask of me."

Whitehead was very hungry, and was thinking about how tasty the rat would be. But she just said, "Maybe I will let you go. But first, tell me, what kind of food did your masters eat tonight, and did they give any food to you? I see you are looking very fat!"

My masters have been very fortunate recently. We have been eating very well!"

"But your house looks so poor. How can they buy so much food?"

"Ah, I cannot tell anyone about that. But I will tell you. Recently they got a magic charm…"

"Which they stole from my house!" hissed the cat. "And we have been starving ever since!"

"Ah, that explains our recent good fortune. I did not know why suddenly we had so much food. But I am only a rat, so of course I could not ask any questions."

"Well, my little rat friend, tonight is your lucky night. Get that magic charm and give it to me, and I will release you. You will not have to be my slave anymore. I will let you go now, because you are a student of Confucius and I know you will do what you say."

The rat ran back into the house, and returned five minutes later with the golden beetle in its mouth. It dropped the beetle on the ground, then it looked up, saw the hunger in the cat's eyes, and ran away as fast as it could. The cat picked up the beetle in its mouth. Then it jumped back over the wall. Then the two animals returned home just before the sun came up.

The cat and the dog arrived to find that the door to the house was shut. Blackfoot barked, but the door did not open. They could hear the sound of crying coming from inside the house. "I hear Mrs. Wang crying," said the cat. "I will go and make her happy."

Whitehead jumped through the open window. She looked around. Mingli was lying on the bed, almost dead from lack of food. The mother was sitting nearby, crying for someone to come and help them.

"Here I am, Mistress!" cried the cat, "and here is the valuable thing you are crying for. I have brought it back to you."

Mrs. Wang jumped up, saw the cat holding the golden beetle, and cried for joy. "My son, it's time to eat!" she said, and she ran to the kitchen to boil some water. A few minutes later they had a big pot of delicious dumplings. Mrs. Wang gave one third to her son, one third for herself, and one third to the hungry cat.

Now, this is the time when the cat should have told them how she and Blackfoot had gotten the golden beetle together. But the cat said nothing at all about the dog. Her belly was full, so she just stayed quiet. Outside the house, Blackfoot waited, weak with hunger. Finally, the cat went out to see him.

"Ah, my old friend Blackfoot," said the cat. "You should have seen the delicious breakfast that we had. Great mountains of hot dumplings. Now my belly is full. But I see you are hungry. You should go out into the street, maybe you can find some scraps to eat."

The dog was so angry that it tried to kill the cat. The cat ran away, and the dog ran close behind it. The dog chased the cat up and down the streets of the village. As they ran, the dog called out to all the other dogs of the village, saying that the cat could not be trusted, and that all dogs should help him kill the cat. Soon dozens of dogs chased the cat through the streets. Finally the cat saw a horse pulling a cart along the street. The cat jumped up on the cart and rode out of the village, with the dogs barking and chasing it.

That is why even today, dogs hate cats, and the children and grandchildren and great-grandchildren of Blackfoot have never been friends with the children and grandchildren and great-grandchildren of Whitehead.

The Ball of Fire

Yingluo woke up. At first, he did not know where he was. He was very tired and very cold. Then he remembered. He was on a ship on the ocean, and he was all alone.

Two weeks ago, he had boarded the ship together with his parents and his brothers. They planned to go from their village in northern China southwards to Shanghai. There were two hundred passengers, all from his home village, and also about a dozen crew. The trip started off with no problem. But soon the weather became bad, with high winds and heavy rains. Then the passengers and crew began to feel sick. Then all the passengers and crew became very sick. Soon after that, they all died.

But Yingluo did not get sick. He did not know why the gods had let him live. Now he was alone on the ship. He was scared, cold and hungry.

With no crew alive to sail the ship, the ship just turned around and around in the wind. Huge waves crashed over the deck, hitting the boy with cold salty water. The wind blew hard from east, bringing the boat slowly towards Shanghai. In the distance Yingluo could see big black rocks in the water. He knew that if the ship hit the rocks, it would go to the bottom of the ocean and he would die. So he just sat on the deck and prayed to the gods to take him away from this ship of death.

As he prayed, he heard a sound above his head. He looked up. At the top of the mast was a yellow ball of fire. It was so strange that he forgot about praying to the gods, and he just looked at it. As he watched, the ball of fire became big and bright. Slowly it moved down the mast. Yingluo did not understand. Had the gods heard his prayer and sent fire to burn the ship? That would be ok with him. Anything was better than being alone on the ocean, with no living family.

The ball of fire moved to the bottom of the mast, and then it moved to the deck. Yingluo waited for the deck to start burning. But the deck did not burn. Instead, the ball of fire disappeared, and a little man stood in front of him. The man looked carefully at Yingluo.

"Yes, you are the boy I am looking for," said the little man. "You are Yingluo, and you are the only person alive on this ship."

Yingluo wanted to shout, "Yes, you stupid little man, of course I am the only person alive on this ship!" But he was afraid to say anything. So he waited and did not say a word. The ship continued to turn around in the wind, coming closer to the big black rocks.

"Do you remember me?" asked the little man. "Have you ever seen me before?"

"I think I remember you," said Yingluo. "Who are you?"

"A year ago I walked through your village. At that time I wore the clothes of a beggar. I walked from house to house asking for a little food. But nobody helped me. Nobody even gave me a piece of bread. I began to feel that there was not a single good person in the entire village. But then you saw me. You ran into the house, picked up some food, and gave it to me. Your mother saw this and she hurt you. Do you remember now?"

"Yes, I remember. But now my mother is dead. My father and brothers are also dead. I am the only one in my family now."

The little man continued, "You thought I was just a beggar. But now I tell you, my name is Li Tieguai, but you probably know me by the name Iron Staff. I am one of the eight Immortals. People tell stories about me when they speak of the gods of the Western Heaven."

"Yes," said Yingluo, "many times I have heard stories of the famous Iron Staff. The people love you because you are so kind."

"Well, that may be true, but last year your family did not show kindness to me. Of course, you know that if you want kindness from the gods, you must first give kindness to the gods. But nobody in your village showed kindness to me. Why would someone be kind to the great Iron Staff but not be kind to the lowly beggar? We are both the same, aren't we?"

Yingluo began to cry. "My father and mother knew nothing of this! They were born with no money, and they never had any money. People were unkind to them, so they learned to be unkind to other people. That is why they did not show kindness to you!"

"But what about you, my son? Your life was the same as their lives. You have had a hard life just like they were. But you helped me although they did not. How did you learn to look at people with love?"

Yingluo could not answer these questions. He just said, "Iron Staff, I do not understand these things. Please just bring my family back to life. Let them learn how to be good and kind!"

"My son, this is very difficult. I think I can do it, but you must do two things for me."

"I will do anything. Tell me!"

"First, you must tell me something good that your parents did. Just one thing will be enough."

Yingluo thought hard. Then he said, "I know! One time, my parents went to the temple and burned incense, as a gift to the gods."

"I remember that. But why did they burn the incense? It was because your older brother was sick, and the doctors could not help him. Your parents begged the gods to help him. But this was not kindness, this was selfishness. Your parents wanted your older brother to live so he could take care of them in their old age."

Yingluo looked at his feet. "Yes, you are right," he said.

"Can you think of something else?"

"Yes, I can! Last year a man came to our village. Nobody knew him. He became sick in front of our house. My parents took care of him."

"How long?"

"About a week. Then he died."

"Ah. And what did they do with the man's horse, and the money in his bag? Did they try to return it to his family?"

"No, they said they needed to keep it, because they cared for him for a week." Yingluo's face turned red as he remembered.

Iron Staff said, "My son, try again. Can't you think of even one good thing your parents did?"

Yingluo was silent for a long time, thinking. "Well, there is one small thing. Last spring some birds were eating in my father's garden. My mother wanted to kill the birds. But my father said no, the birds should not die. And he just shouted at them and the birds flew away."

Iron Staff smiled and said, "Good, my son! You have remembered one true good thing. Your parents let the birds live. And so, I will let them live. Now, show me where your parents and brothers are. I will help them, but remember that you said you would do two things for me. You have already done one thing. Soon you must do the second. You must stay here on earth with your family instead of going with me to the Western Heaven."

This was no problem for Yingluo. Right now he was cold, hungry, and on a boat in the middle of the ocean with his family all dead. To live again with his family was too good to be true, and Yingluo wanted that more than anything else. "Of course," he said to Iron Staff, "I will be happy to stay here with my family and not go to the Western Heaven."

Then Yingluo walked across the deck, past all the dead bodies of the passengers and crew. He showed Iron Staff the bodies of his parents and brothers. Iron Staff touched his staff to the heads of each family member. Each one opened their eyes and saw Iron Staff and Yingluo standing over them. They were all very frightened.

When Iron Staff was finished, he said to them, "Listen, all of you. A year ago I came through your village begging for a little food. Did you help me? No, you did not help me. And now you been to the underworld. You have seen the land of Yama, a place with no kindness at all. Do you like that place? I think not. Well, it is full of people just like you! "

"So, why are you alive now instead of being in the land of Yama? It is because of this young boy. I tell you, this boy is too good for this world. He should be living with the gods in the Western Heaven. But he has told me that he wants to help you, even if it means he cannot return with me to the Western Heaven. So he will stay in this world, living with you in your house. If you treat him badly, I will come back to your village immediately. I will take the boy back to the Western Heaven with me, and you will all die and go back to the land of Yama. Do you understand?"

Yingluo's parents and brothers looked at Iron Staff, then at Yingluo. They all nodded their heads.

Iron Staff said, "All right. Now, my child, take my staff. Look around at the dead bodies of the passengers and crew. Strike the mast three times with the staff, and say to yourself, 'Return to life.' "

Yingluo took the staff, walked to the mast, and hit it three times, saying to himself, "Return to life!" All around him, the passengers and crew opened their eyes and stood up.

Iron Staff said to the boy, "Now, it is time to return these people back to their village. I do not want them to go to Shanghai because they are not ready to meet with other people. They must change their lives and become good people. Bring them back to their village."

Yingluo hit the mast three times with the staff, saying to himself, "Return to the village!" Instantly the ship turned, and flew as fast as a bird across the ocean and back to their village. When the ship came close to shore, Iron Staff changed back into a yellow ball of fire, went to the top of the mast, and flew off into the blue sky. All the people on the ship watched the ball of fire until it vanished.

Yingluo embraced his parents, and together they walked off the ship and onto the shore.

Hulin and the Mad Goose

Once upon a time there was a young slave girl named Hulin. She had been born into a very poor family. Her mother and father did not have enough money for food, so when Hulin was very young they sold her to a slavemaster named Blackheart. The slavemaster kept Hulin in an old houseboat on the river. There were many other little slave girls, all of them bought by Blackheart.

Every day Blackheart made Hulin and the other girls go out into the street and beg for money. Every evening the girls had to give all the money to Blackheart. Hulin was very unhappy. She wanted to play outside. Sometimes she would see other children make giant kites and fly them in the sky. But Blackheart would not let her play. If Blackheart saw her playing, or even resting, he would hurt her.

One day Hulin decided to run away. She waited until Blackheart was asleep in his chair on the houseboat. Then she ran as fast as she could, down the street. But Blackheart woke up and saw her running away. He ran after her, caught her, and hurt her so badly that she could not walk for the rest of the day. She lay down in the street under a big tree.

"Ah," she thought, "if only someone would help me! I would be such a good girl for the rest of my days."

Now, not far from the river lived an old man in a rundown little house. He did not have a dog to guard his house, but he had a big old goose named Kuang. The goose did the work of a dog. He watched the gate, and if he saw anyone come near the house, he honked loudly.

Hulin and Kuang were good friends. The girl often stopped to talk with the goose. She learned that Kuang's owner was an old man. The goose said that the old man had a lot of money hidden in the house. The goose had no friends except Hulin, so the goose was happy to tell Hulin everything he knew about the old man and the money.

On the day that Hulin tried to run away, Kuang learned something interesting. The goose was hungry, so he walked into the house before the sun came out, to see if there were any scraps from last night's dinner. The bedroom door was open. Kuang looked in, and saw a young man lying asleep on the bed! Then the young man got out of bed. Immediately he changed into a gray-haired old man.

Kuang was frightened. He forgot about his hunger, and he ran out of the house. He did not understand what he saw. But he thought of his friend Hulin, and he decided to tell Hulin about what he had seen. Hulin was a very bright girl, maybe she could explain it to him.

So Kuang walked out the gate and went to find Hulin in the street near the houseboat. He saw the girl lying on the ground. "Hulin," said the goose, "wake up, I have something to tell you."

"I am not asleep," she replied. Kuang could see she had been crying, and knew she had been crying.

"What happened?" asked the goose.

"It does not matter. Just tell me your story." Kuang could see that Hulin had been hurt, but he also knew that she did not want to talk about it. So he told Hulin about the young man who changed into an old man before his eyes.

"Oh, it's nothing," said Hulin. "Probably he is just a friend of the old man, staying in his house overnight."

"No, my master has no friends. Also, since last night I have been watching the gate. Nobody came in or went out."

"Well then, your master is not a man. He must be a great wizard." Kuang did not know what a wizard was, so Hulin told him all about it.

"That's good!" said Kuang. "If my master is really a wizard, then he is very powerful and he can help you. Come back to my house. We will talk with my master. He can save you from your troubles."

"I don't know," she said. "I am so afraid of Blackheart. I don't want to get hurt again!"

"Don't worry. He already hurt you badly, so he won't think you will run away again anytime soon." So Hulin went with Kuang, but as they walked, she kept looking back at the houseboat to see if Blackheart would wake up and see her.

Soon they arrived at the old man's house. The gate was open. Kuang and Hulin entered the house very quietly. The bedroom door was open. There was nobody in the house.

"Let's look at the bed," said Hulin. "Maybe it's a magic bed." But it looked like an ordinary bed.

They looked all around the bedroom, trying to find magic things. Suddenly they heard the sound of the gate slamming shut. "Oh no!" cried the goose, "My master is home! He will see us!"

"I already got hurt today," replied Hulin, "I cannot have another. Let's hide." So they hid behind some furniture in the back of the bedroom. They waited and waited, but the old man did not enter the bedroom. They heard him working in the garden. The goose and the girl were both too afraid to leave, because they thought the old man would see them and hurt them. So they hid behind the basket until it was dark. When nighttime came, they both fell asleep.

They woke up with the first light of morning. They both looked at the bed. There lay a young man, sleeping. His hair was as black as the sky on a moonless night. He seemed to be dreaming, because a smile was on his face. Hulin was so surprised that she cried out. Right away the sleeping young man woke up and looked right at her. She was too surprised to say anything. But the young man was also surprised. For a moment, they just looked at each other.

Finally, the young man said to Kuang, "What is this? Why are you in my bedroom? And who is this little girl?"

"Pardon me," replied the goose, "but I also have some questions. Who are you, and what have you done to my master?"

"I am your master, you stupid goose," said the young man.

"No, my master is old and white-haired. You are young and your hair is black."

"What? Are you saying I am still young?"

"Of course," said the goose, becoming a little bit annoyed. "You were young when you were sleeping, and now you are still young."

The young man looked at Hulin and said, "Little girl, what do you see?"

Hulin said to the young man, "Sir, you are a young man. And if I may say so, I have never seen a young man more handsome than you."

The young man jumped up out of bed and cried, "Yes, yes, yes! My troubles are finished! But I really don't understand how this happened." Then he sat down on the bed, closed his eyes, and thought for a few minutes. Then he opened his eyes and looked at Kuang. "What did you say your friend's name was?"

"Hulin. She is a slave girl."

The young man clapped his hands and said, "Aha! Now I understand everything." Then, looking at Hulin, he said, "Thank you, my young friend. This is wonderful! Now I can return to my previous life."

Hulin said, "I don't understand. What did I do?"

The young man said, "Let me tell you my story. My father was a very rich man. He gave me everything I wanted. I never had to work. I believed that I could have anything under heaven, if I only asked for it. My teacher did not like this, and he told me the old saying, 'Men will die for money just as birds will die for food.' He told me that money can help make someone happy, but gods were more powerful than men. He said I must be careful not to make the gods angry.

"I laughed at him. 'I am rich,' I said to him, 'I can buy anything. If the gods become angry, I will give them money and they will go away.' The teacher said I should be careful and not say or even think these things. But of course I did not listen to him."

"One day my teacher and I were walking in my father's garden, and we came to a well. My teacher had told me that a spirit lived in this well, and I should be careful not to make the spirit angry by jumping over the well. I said to my teacher, 'You say that there is a spirit in this well, and I will make that spirit angry if I jump over it. I tell you that I don't care. This spirit lives in my father's garden, and he must do as I say!'

"Before the teacher could say another word, I jumped across the well. As soon as I touched the ground on the other side, I felt strange. My body began to become small. I began to feel very tired. My hair turned white, my skin turned yellow. I had changed into an old man!

"My teacher said, 'Ah, my boy, I told you a hundred times that you should not leap across this well, but you did it. Now the spirit of the well is angry with you. I cannot do anything to help you. And your father cannot help you either.' I asked if there was any solution to this, but he said 'no, there is no solution.'

"My father was very upset. He burned incense at dozens of temples. He prayed to many different gods, but there was no solution. Then my teacher remembered a fortune teller who lived in the city. My father went to see the fortune teller and told him my story. The fortune teller said that the spirit of the well had changed me into an old man. Every night while I was asleep I would return to the form of a young man. But if anyone saw me while I was sleeping, I would immediately change back to an old man."

"But that's not true," said the goose. "I saw you yesterday. I saw a young man, not an old man."

"Let me finish," said the young man. "The fortune teller said that there was only one way that I could return to my old life. A mad goose must arrive and bring a tiger of the forest out of slavery. My father and I both heard these words, but we could not understand them at all.

"That night I left the city and moved to this small village. I bought this small house and began my new life. I have lots of money, but I have no friends, no work, and no happiness. However, I thought it would be a good idea to have a mad goose, because of the fortune teller's words."

"But I am not a mad goose," said the goose, angrily. "I am a very good goose."

"Yes, you are a very good goose. You are not mad. So I gave you the name Kuang, which means crazy, that's the same as mad."

"Oh, I see," said Hulin and Kuang together.

"So, I had the mad goose. But I did not understand how a goose could bring a tiger of the forest out of slavery into my room. How could a tiger of the forest be a slave, and how could it come into my room? But now I understand. It's your name. 'Hu' means tiger, and 'lin' means a forest of trees. And of course, you are a slave girl. Or, you were a slave girl anyway."

Just as Hulin tried to understand these words, there was a loud banging on the front gate. "Oh no!" cried Hulin, "it is my master, Blackheart!"

"Don't worry," said the young man, "you helped me, and now I will help you. I will give this Blackheart some money to set you free. And if he does not agree, then I will give Blackheart a black eye!" Then the young man went out and spoke with Blackheart. They agreed on a price for the young man to buy the girl's freedom from Blackheart. Then he returned to the house and said to Hulin, "You are now free. You don't have to worry about Blackheart any more!"

Hulin was so happy, she kowtowed nine times to the young man. "Thank you, thank you, thank you!" she said. "I will never have to beg for pieces of bread on the street again!"

"That's true. And when you are older, you can be my wife, and you will never have to be afraid of anyone again.

For now, let's go to my father's house and give him the good news." And the next day, the young man, the young girl and the goose went to give the good news to his father.

The Two Magicians

It was a beautiful spring day in the town of Yangshan, near the old city of Wuxi. Hundreds of people were in the public square. They were eating, drinking, smoking, and chatting with friends. Nobody saw two men entering the square. The two men appeared to be father and son. The older man was fifty or sixty years old, with a thin gray beard and long hair. The younger man was perhaps twenty-five, beardless, with black hair. The young man carried a small wooden box.

The two men walked slowly through the square, looking here and there, in no hurry at all. After a few hours they arrived the palace of the duke. They stood together, talking quietly. A man saw them and said to the older man, "Excuse me, grandfather. I have not seen you before, and pardon me for saying this, but you two do not look like you live here. Would you please tell me who you are and why you are here today?"

"Ah, my friend, thank you for speaking with us!" said the older man. "My son and I have come to your beautiful town far from here." He smiled and put his hand on the box. "We are magicians, and we are quite good. We can do many things to entertain the people of this town."

"Ok," said the man, and turned away. He told his friends, and they told their friends. Soon all the people in the square were talking about the two great magicians who had arrived in their town to entertain the people with magic.

Now, the duke himself was in the palace that day. He was just finishing having lunch with several guests, and he wanted to entertain his guests. Just then, a servant came in and told the duke about the two magicians. "Very good!" said the duke, "Ask them what they can do. If they can really entertain us, I will give him a lot of money."

The servant went outside and said to the older magician, "My master, the duke, wants to know what you can do. If you really are great magicians, you can entertain the duke and his guests."

The older magician said to the servant, "Tell your master that he will be very happy with our work. We come from far away. We are from the land of dreams. We can change stones into mountains, we can change a cup of water into a great river, we can change a mouse into a horse. No magic is too difficult for us."

The servant told this to the duke. The duke was happy to hear this, so he told his servants to prepare a place in the square for him and his guests to watch the magicians. He told the servants to also prepare a larger space where the townspeople could also watch the magicians.

The two magicians started off with some simple tricks. But the duke became angry. He said to them, "What is this? Any magician can do these things. You said you could change stones into mountains, water into rivers, mice into horse. You said you came from the land of dreams. Show us something new!"

The older magician smiled and replied, "Great duke, we are happy to do anything you ask of us. We have done tricks for the gods of the Western Heaven, and we can do those same tricks for you."

The guests laughed at this. One said, "So, these men have come all the way from the Western Heaven to our little town. But they have only shown us very small tricks. What should we ask them to do?" The guests talked among themselves for a while. Then one of them shouted, "I know! Our lunch was very good, but there was no fruit because this is not the season for fruit. Let's ask these magicians to bring us some fruit. I think one nice peach is all we need. You, old man, bring us a peach, and quickly!"

The older magician said, "What, a peach? But this is not the season for peaches."

The guests began to laugh, and some of them shouted insults at the magicians.

"But father," said the younger magician, "you said you would do any trick that they asked for. They asked for a peach, how can you not give them a peach?"

"Oh, very well," said the older magician. He turned to the crowd and said, "If you want a peach, I will give you a peach. But there are no peaches here. I must send my son to the garden of the Western Heaven to get your peach."

When he said this, guests laughed even louder. The old magician opened the box and took out some golden thread. He pulled on one end of the thread, and suddenly a great wind came, and the end of the thread flew up into the air. The wind carried the thread high in the sky, until the people could not see the end anymore.

"Wonderful," shouted the people. "This man is a true wizard!"

The old magician took the other end of the thread and tied it to a large tree. Then he said, "Everything is ready. It is time to go."

"What?" asked the duke. "You cannot leave. You said you would bring us a peach!"

"Of course I will not leave," the old magician replied. "I am much too old for this work. My son will do it. He will enter the garden of the Western Heaven and get the peach." He looked at his son. The young man jumped on to the thread, and ran up the string as if he were running along a path. Higher and higher he ran, until nobody could see him anymore.

Now the duke knew that these two men were not just magicians, they were great wizards. He sat silently, waiting. His guests also sat silently. And all the people in the square waited silently. Nobody said a word.

They waited for a long time. Then the old magician looked up and said, "Ah. He is coming now. And you will soon have your peach." He held out his hand. A small yellow light appeared in the sky, grew larger and larger, and then it turned into a large yellow peach and landed in the magician's hand. "Here it is," he said, handing the peach to the duke, "this is a honey water peach, straight from the garden of the gods."

Using his knife, the duke divided the peach and give some to each guest. They all loved the taste, and said it was the best peach they had ever eaten. But the old magician did not look happy. He kept looking in the sky. Where was his son? The people in the square also looked up at the sky, but nobody could see the young man.

"Oh my son, my son," the old magician cried, "why did I send you on this journey to the Western Heaven? Now you are dead. Who will take care of me when I am old? Who will take care of my grave when I am dead?"

Then the golden thread came down from the sky and landed on the ground in a pile.

"Ah, now I understand," he said. "My son was in the garden of the Western Heaven, taking the peach. The gods saw him and caught him. I will never see him again!"

"Don't worry," said the duke. "I am sure he will come back."

"Yes, but how will he come back?" The duke did not understand this. But then, as the old magician looked up, an arm came flying down from the sky. It landed on the ground. Then another arm came. Then a leg, then another leg, then a head, and finally a torso. All the parts of the young man were lying on the ground.

The old man cried, and many of the people also cried. Then the old man slowly picked up the pieces of his son's body and put them in the wooden box.

"Come," said the duke, "let's give this old man money to buy a grave for his son." He threw some gold at the old magician's feet. The other guests also threw money. The old magician slowly gathered up all the coins in a large black bag.

Then a big smile came to his face. He opened the box and said, "Come my son, the people are waiting for you to thank them!" And then the young man jumped out of the box and bowed to the duke, the guests, and the people in the square.

The duke laughed and clapped his hands, saying, "Thank the gods for sending these two wizards to our city!" Then he thanked the two magicians and bowed to them. The two magicians bowed to the duke. Then they both jumped into the wooden box. The lid closed. Then the box rose up into the sky and disappeared.

The duke watched the box until it disappeared. Then he picked up the peach pit that lay on the duke's table, and said, "Of course, now we know that these were great wizards, and we know this is a magic peach. Let's plant this peach pit, maybe we will have a magic peach tree." And they planted the peach pit in a garden in the palace. The following year there was a small peach tree, and four years after that, the peach tree began to produce honey water peaches. These were not magic peaches, but they were large, beautiful, and delicious. And soon Yangshan had ten thousand peach trees, and became famous for producing the best peaches in the world

Proper Nouns

These are all the Chinese proper nouns used in this book.

Chinese	Pinyin	English	Story #
白头	Báitóu	Whitehead, a cat	
楚	Chǔ	Chu, a husband and wife	
黑脚	Hēijiǎo	Blackfoot, a dog	
孔子	Kǒngzǐ	Confucius	1
明礼	Mínglǐ	Mingli, a boy	
王	Wáng	Wang, a woman	
中国	Zhōngguó	China	
李铁拐	Lǐ Tiěguǎi	Li Tieguai, one of the Eight Immortals in Chinese mythology	
上海	Shànghǎi	Shanghai, a city	
铁拐杖	Tiě Guǎizhàng	Another name for Lǐ Tiěguǎi	2
阎罗王	Yánluó Wáng	Yama, Lord of the Underworld	
英罗	Yīngluō	Yingluo, a boy	
黑心	Hēixīn	Blackheart, a slaver	
虎林	Hǔlín	Hulin, a girl	3
狂	Kuáng	Kuang, a goose	
阳山	Wúxī	Wuxi, a city	
西天	Xītiān	Western Heaven	4
无锡	Yángshān	Yangshan, a town	

Glossary

These are all the Chinese words (other than proper nouns) used in this book.

Chinese	Pinyin	English
啊	a	ah, oh, what
岸	àn	shore
安静	ānjìng	quiet peaceful
按照	ànzhào	according to
吧	ba	(indicates assumption or suggestion)
把	bǎ	to hold, to guard, a bundle
八	bā	eight
白	bái	white, bright
百	bǎi	hundred
搬	bān	to move
办法	bànfǎ	way, method
绑	bǎng	to tie
帮助	bāngzhù	to help
抱	bào	to hold, to carry
饱	bǎo	full (after eating)
包	bāo	to wrap, bag
保护	bǎohù	to protect
背	bèi	back
被	bèi	to carry on back
杯(子)	bēi (zi)	cup
北方	běifāng	north

闭	bì	to close
比	bǐ	compared to, than
遍	biàn	times
变化	biànhuà	change
表演	biǎoyǎn	play, performance
别	bié	to leave
并且	bìngqiě	furthermore
必须	bìxū	must, have to
不	bù	no, not, do not
才	cái	ability, just
财	cái	fiscal
藏	cáng	hide
茶	chá	tea
差	chà	difference
城（市）	chéng (shì)	city
成（为）	chéng (wéi)	to become
吃（饭）	chī (fàn)	to eat
吃惊	chījīng	to be started
抽烟	chōuyān	to smoke
出	chū	out
船	chuán	ship
穿	chuān	to wear
床	chuáng	bed
窗（户）	chuāng (hù)	window
船员	chuányuán	crew
厨房	chúfáng	kitchen

除了	chúle	apart from
春(天)	chūn (tiān)	spring
出生	chūshēng	to be born
次	cì	(measure word for time)
从	cóng	from
聪明	cōngming	clever, bright
村庄	cunzhuang	village
打	da	to hit, to play
大	dà	big, great
大概	dàgài	probably
带	dài	belt
但(是)	dàn (shì)	but, however
当	dāng	when
当然	dāngrán	of course
担心	dānxīn	to worry
到	dào	to arrive, towards
刀	dāo	knifc
到处	dàochù	everywhere
地	de	land, (adverbial particle)
的	de	of
得	dé	(particle showing degree or possibility)
等	děng	to wait
底	dǐ	bottom
低	dī	low
点	diǎn	spot
点头	diǎntóu	nod

掉	diào	to fall, to drop
弟弟	dìdi	younger brother
地方	dìfang	location, place
栋	dòng	(measure word for buildings, houses)
东	dōng	east
冬(天)	dōng (tiān)	winter
动物	dòngwù	animal
东西	dōngxi	thing
都	dōu	all
短	duǎn	short
对	duì	correct, towards someone
堆	duī	heap
顿	dùn	(measure word for non-repeating actions)
躲	duo	to hide
多	duō	many
肚子	dùzi	belly
鹅	é	goose
饿	è	hunger
二	èr	two
而且	érqiě	and
儿子	érzi	son
方法	fāngfǎ	method, way
房间	fángjiān	room
发生	fāshēng	to happen
发现	fāxiàn	to find
飞	fei	to fly

非常	fēicháng	very much
分	fēn	to share, to divide
分（钟）	fēn (zhōng)	minute
疯	feng	crazy
风筝	fengzheng	kite
坟墓	fénmù	grave
附近	fùjìn	nearby
父母	fùmǔ	parents
父亲	fùqīn	father
夫人	fūrén	lady
盖	gài	cover, to cover
敢	gǎn	to dare
刚才	gāngcái	just now
感觉	gǎnjué	to feel
感谢	gǎnxiè	thank
高	gāo	tall, high
告诉	gàosu	to tell
高兴	gāoxìng	happy
个	gè	(measure word, generic)
哥哥	gēge	older brother
给	gěi	to give
根	gēn	(measure word for long thin things)
跟	gēn	with
更	gèng	more
宫殿	gōngdiàn	palace
公爵	gōngjué	duke

工作	gōngzuò	work, job
够	gòu	enough
狗	gǒu	dog
挂	guà	to hang, to call
刮风	guāfēng	windy
拐杖	guǎizhàng	staff, crutch
关	guān	to turn off, to close
光	guāng	light
广场	guǎngchǎng	a public square
关于	guānyú	about
过	guò	(after verb to indicate past tense)
过	guò	to pass
锅	guō	pot
过去	guòqù	past, to pass by
国王	guówáng	king
故事	gùshi	story
还	hái	still
海	hǎi	ocean, sea
害怕	hàipà	to be afraid
孩子	háizi	child
好	hǎo	good, very
好像	hǎoxiàng	as if
和	hé	and
河	hé	river
喝	hē	to drink
核	hé	pit

黑	hēi	black
很	hěn	very
和尚	héshàng	monk
盒子	hézi	box
红（色）	hóng (sè)	red
后来	hòulái	later
后面	hòumiàn	behind
话	huà	word, speak
坏	huài	bad
黄	huáng	yellow
花园	huāyuán	garden
回	huí	return
会	huì	can, will
回答	huídá	to reply
活	huó	to live
火	huǒ	fire
或者	huòzhě	perhaps
互相	hùxiāng	each other
胡子	húzi	beard, moustache
几	jǐ	several
家	jiā	home, family
甲板	jiaban	deck
甲虫	jiachóng	beetle
价格	jiàgé	price
家具	jiājù	furniture
件	jiàn	piece

简单	jiǎndān	simple
讲	jiǎng	to speak
叫	jiào	to call, to yell
脚	jiǎo	foot
骄傲	jiāo'ào	arrogant
饺子	jiǎozi	dumplings
鸡蛋	jīdàn	chicken egg
记得	jìde	remember
激动	jīdòng	to excite
借	jiè	to borrow
街道	jiēdào	street
解决	jiějué	to solve
介绍	jièshào	to introduce
计划	jìhuà	to plan
季节	jìjié	season
进	jìn	to enter
金	jīn	golden
今晚	jīn wǎn	tonight
井	jǐng	well
经常	jīngcháng	often
进入	jìnrù	to enter
今天	jīntiān	today
即使	jíshǐ	even if
就	jiù	just, right away
旧	jiù	old, worn
久	jiǔ	long (time)

九	jiǔ	nine
继续	jìxù	to continue
句	jù	sentence
觉得	juéde	to think
决定	juédìng	to decide
鞠躬	jūgōng	to bow down
开	kāi	to open, to start
开始	kāishǐ	to start
看（见）	kàn(jiàn)	to see
棵	kē	(measure word for trees, vegetables, some fruits)
可怜	kělián	poor
可能	kěnéng	probable
客人	kèrén	guest, customer
可以	kěyǐ	can, may
叩	kòu	to kowtow
口	kǒu	(measure word for people in villages, families)
哭	kū	to cry
快	kuài	fast
快乐	kuàilè	happy
筷子	kuàizi	chopsticks
狂	kuáng	mad, crazy
困难	kùnnan	difficulty
拉	lā	to pull
来	lái	to come, to arrive
懒	lǎn	lazy
浪	làng	wave

老	lǎo	old
老虎	lǎohǔ	tiger
老师	lǎoshī	teacher
老鼠	laoshu	rat
了	le	(indicates completion)
里（面）	li (miàn)	inside
俩	liǎ	two
脸	liǎn	face
亮	liàng	bright
两	liǎng	two
聊天	liáotiān	chat
厉害	lìhai	fierce
理解	lǐjiě	to understand
离开	líkāi	to leave
礼貌	lǐmào	courtesy
里面	lǐmiàn	inside
另外	lìngwài	in addition
邻居	línjū	neighbor
力气	lìqi	strength
留	liú	to leave, to stay
六	liù	six
流泪	liúlèi	to shed tears
礼物	lǐwù	gift
缕	lǚ	thread
乱	luàn	chaos
吗	ma	(indicates a question)

马	mǎ	horse
马车	mǎchē	cart
麻烦	máfan	trouble
卖	mài	to sell
买	mǎi	to buy
妈妈	māma	mother
慢	màn	slow
满	mǎn	full
猫	māo	cat
马上	mǎshàng	right away
没	méi	no, not have
每	měi	each
美（丽）	měi (lì)	handsome, beautiful
魅力	mèilì	magic charm
门	mén	door
梦	mèng	dream
蜜	mì	honey
面包	miànbāo	bread
米饭	mǐfàn	cooked rice
名（字）	míng (zì)	first name, name
明白	míngbai	clear
明天	míngtiān	tomorrow
魔（术）	mó (shù)	magic
魔术师	móshù shī	magician
木（头）	mù (tou)	wood
母亲	mǔqīn	mother

拿	ná	to take
哪(儿)	nǎ ('er)	where?
那儿	nà'er	there
男	nán	male
南	nán	south
难过	nánguò	sorry
内	nèi	inside
能	néng	to be able to
你	nǐ	you
年	nián	year
年轻	niánqīng	young
鸟	niǎo	bird
您	nín	you (respectful)
女	nǚ	female
女孩	nǚhái	girl
奴隶	núlì	slave
努力	nǔlì	work hard
拍	pāi	to smack, to clap
胖	pàng	fat
旁边	pángbiān	side
跑(步)	pǎo (bù)	to run
朋友	péngyou	friend
匹	pǐ	(measure word for flat objects)
片	piàn	(measure word for flat objects)
漂亮	piàoliang	beautiful
皮肤	pífū	skin

仆人	púrén	servant
骑	qí	to ride
前	qián	before
钱	qián	money
墙	qiáng	wall
前面	qiánmiàn	front
敲	qiāo	to knock
祈祷	qídao	to pray
奇怪	qíguài	strange
起来	qǐlái	(after verb, indicates start of an action)
请	qǐng	please
清楚	qīngchu	clear
情况	qíngkuàng	situation
穷	qióng	poor (no money)
其他	qítā	other
球	qiú	ball
妻子	qīzi	wife
去	qù	to go
全部	quánbù	whole
然而	rán'ér	however
让	ràng	to let, to cause
然后	ránhòu	then
热	rè	heat
人	rén	person
仁慈	réncí	kind, kindness
扔	rēng	to throw

仍然	réngrán	still
任何	rènhé	whatever, any
认识	rènshi	to know
认为	rènwéi	to think
日（子）	rì (zi)	day, days of life
容易	róngyì	easily
肉	ròu	meat, flesh
如果	rúguǒ	if
三	sān	three
色	sè	color
森林	sēnlín	forest
杀	shā	to kill
山	shān	mountain
上	shàng	top, on, first
伤害	shānghài	hurt
烧	shāo	to boil, to burn
烧香	shāoxiāng	burn incense
谁	shéi	who
神	shén	god, immortal
剩	shèng	to remain
生病	shēngbìng	to fall ill
生活	shēnghuó	life
生命	shēngmìng	life
生气	shēngqì	anger
声音	shēngyīn	voice
什么	shénme	what?

神奇	shénqí	magical
身体	shēntǐ	body
甚至	shènzhì	so much so
十	shí	ten
是	shì	is, yes
试	shì	to taste, to try
时（候）	shí (hòu)	time, moment, period
食（品）	shí (pǐn)	food
时间	shíjiān	time, period
世界	shìjiè	world
事情	shìqing	thing, affair
石头	shítou	rock
实在	shízài	really
瘦	shòu	thin
手臂	shǒubì	arm
受到	shòudào	to suffer
首先	shǒuxiān	first
树	shù	tree
舒服	shūfu	comfortable
水	shuǐ	water
水果	shuǐguǒ	fruit
睡（觉）	shuì (jiào)	to sleep
说	shuō	speak
说明	shuōmíng	to explain
四	sì	four
死	sǐ	to die

死（亡）	si (wáng)	death
寺庙	sìmiào	temple
送（给）	sòng (gěi)	to give a gift
算命	suànmìng	fortune teller
速度	sùdù	speed
虽然	suīrán	although
孙子	sūnzi	grandson
所以	suǒyǐ	therefore, so
所有	suǒyǒu	all
他	tā	he, him
它	tā	it
她	tā	she, her
抬	tái	to lift
太	tài	too much
太阳	tàiyáng	sunlight
谈	tán	to speak
躺	tǎng	to lie down
汤	tāng	soup
逃	táo	to run away
桃（子）	táo (zi)	peach
讨厌	tǎoyàn	to hate
天	tiān	day
天气	tiānqì	weather
条	tiáo	(measure word for narrow, flexible things)
跳	tiào	to jump up
跳舞	tiàowǔ	to dance

听	tīng	to listen, to hear
同意	tóngyì	to agree
头	tóu	head
偷	tōu	to steal
头发	tóufa	hair
腿	tuǐ	leg
脱	tuō	to take off
突然	tūrán	suddenly
外	wài	abroad, outside
完	wán	to finish
玩	wán	to play
万	wàn	ten thousand
晚饭	wǎnfàn	dinner
往	wǎng	to, towards
忘记	wàngjì	to forget
晚上	wǎnshang	night
为	wèl	because of
位	wèi	position
味道	wèidào	flavor
桅杆	wéigān	mast (of a ship)
问	wèn	to ask
问题	wèntí	problem, question
我	wǒ	I, me
五	wǔ	five
午饭	wǔfàn	lunch
巫师	wūshī	wizard

屋（子）	wū (zi)	house
西	xī	west
下	xià	lower
咸	xián	salty
线	xiàn	thread, line
像	xiàng	looks like
向	xiàng	towards
响	xiǎng	to ring
想	xiǎng	to think
想要	xiǎng yào	want to
相反	xiāngfǎn	opposite
相同	xiāngtóng	identical
先生	xiānsheng	sir, mister, teacher
现在	xiànzài	now
笑	xiào	to laugh
小	xiǎo	small
消息	xiāoxi	news
下雨	xiàyǔ	rain
些	xiē	some
谢谢	xièxie	thank you
喜欢	xǐhuan	to like
心	xīn	heart
新	xīn	new
行	xíng	to walk, ok
姓	xìng	surname
醒（来）	xǐng (lái)	to wake up

幸福	xìngfú	happiness
星期	xīngqī	week
熊猫	xióngmāo	panda
休息	xiūxi	to rest
希望	xīwàng	to hope
许多	xǔduō	many
学生	xuésheng	student
学（习）	xué (xí)	to learn
需要	xūyào	to need
眼（睛）	yǎn (jīng)	eye
阳光	yángguāng	sunshing
颜色	yánsè	color
严重	yánzhòng	serious
要	yào	to want
咬	yǎo	to bite
要饭	yàofàn	to beg for food
邀请	yāoqǐng	to invite
要求	yāoqiú	to request
也	yě	also
也许	yěxǔ	perhaps
爷爷	yéye	grandpa
一	yī	one
衣（服）	yī (fu)	clothes
以后	yǐhòu	after, later, in future
已经	yǐjīng	already
因此	yīncǐ	therefore

应该	yīnggāi	should
因为	yīnwèi	because
一起	yìqǐ	together
以前	yǐqián	before
一切	yíqiè	everything
医生	yīshēng	doctor
意思	yìsi	idea, opinion
以为	yǐwéi	to believe
一样	yíyàng	equally
一直	yìzhí	always
椅子	yǐzi	chair
用	yòng	use
永远	yǒngyuǎn	forever
又	yòu	also
有	yǒu	to have
友好	yǒuhǎo	friendly
有趣	yǒuqù	interesting
优秀	yōuxiù	excellent
由于	yóuyú	because
与	yǔ	and
远	yuǎn	far
原谅	yuánliàng	to forgive
愿意	yuànyì	to wish
原因	yuányīn	reason
院子	yuànzi	courtyard
月	yuè	month

越	yuè	to exceed
娱乐	yúlè	to entertain
运气	yùnqì	luck
于是	yúshì	therefore
再	zài	again
在	zài	to be located at
早上	zǎoshang	morning
怎么	zěnme	how?
站	zhàn	station
长	zhǎng	to grow
张	zhāng	to open, to spread
丈夫	zhàngfu	husband
找	zhǎo	to look for
照顾	zhàogù	to take care of
着	zhe	(indicates action in progress)
这儿	zhè'er	here
这么	zhème	so
镇	zhèn	village
真	zhēn	true, real
正在（正）	zhèngzài	(-ing)
只	zhī	(measure word for animals)
之	zhī	of
知道	zhīdào	to know
直接	zhíjiē	direct
重	zhòng	serious, heavy, again
种	zhǒng	species

中国	zhōngguó	china
终于	zhōngyú	finally
周围	zhōuwéi	surroundings
住	zhù	to live
猪	zhū	pig
抓	zhuā	to grab
转	zhuǎn	to turn around
撞	zhuàng	to hit
追	zhuī	chase
著名	zhùmíng	famous
准备	zhǔnbèi	preparation
主人	zhǔrén	master
主意	zhǔyi	idea
自己	zìjǐ	own, self
仔细	zǐxì	careful
总是	zǒngshì	always
走（走路）	zǒu	to walk, to go
最	zuì	most
嘴	zuǐ	mouth
最后	zuìhòu	last
最近	zuìjìn	lately
做	zuò	to do, to make
坐	zuò	to sit, to take a bus
昨天	zuótiān	yesterday

About the Authors

Jeff Pepper (author) is President and CEO of Imagin8 Press, and has written dozens of books about Chinese language and culture. Over his thirty-five year career he has founded and led several successful computer software firms, including one that became a publicly traded company. He's authored two software related books and was awarded three U.S. patents.

Dr. Xiao Hui Wang (translator) has an M.S. in Information Science, an M.D. in Medicine, a Ph.D. in Neurobiology and Neuroscience, and 25 years experience in academic and clinical research. She has taught Chinese for over 10 years and has extensive experience in translating Chinese to English and English to Chinese.